岩 波 文 庫
32-551-3

モーパッサン短篇選

高山鉄男編訳

岩 波 書 店

目　次

モーパッサン短篇選

水の上

昨年の夏のこと、私は、セーヌ川のほとり、パリから七、八キロのところに小さな別荘を借りて、毎晩のように泊まりがけで出かけたものだった。四、五日すると、私は近所に住む男で、年のころ三十から四十ばかりの人物と知りあったが、これがそれまで会ったこともないほどの変人だった。ボート漕ぎの達人にはちがいないのだが、ほとんどボート狂といっていいくらいのもので、つねに必ず水のそばか、水の上か、あるいは水にかこまれて生活していた。あの男はきっとボートのなかで生まれたにちがいないし、ボートを漕ぎながら最後の息をひきとるのも間違いのないところだろう。

ある晩、この男とセーヌ川の岸辺を散歩していた折り、川にまつわる何か面白い話はないかねと私は訊《たず》ねた。するとくだんの男は、たちまち顔を輝かせ、人が変わったように、まるで詩人さながら雄弁になったものだ。この男の胸のうちには、川というものにたいする大いなる情熱、身をこがすばかりの抑えがたい情熱が秘められていたのだ。

*

「そりゃあ、この川についちゃあ、思い出はいくらもあるね」と、その男は言った。「今、あんたの目に見えているこの川、我々のそばを流れているこの川のことだがね。あんたがた町に住んでいる人にゃ、川のことはわからんよ。漁師が、この「川」って言葉を口にするときの発音に耳をすませてみたまえ。漁師にとって、川ってものは、謎めいていて、奥深くって、底の知れないものなんだ。まぼろしと夢の国なんだ。夜になると、ありもしないものが見え、聞いたこともない音が聞こえる場所だ。まるで墓地でも横切るときみたいに、なぜともなく体が震えてくるところなのさ。事実、川ってやつは、墓石《はかいし》こそないけれど、墓地のなかでも、もっとも陰気な墓地だね。

漁師にとって陸地ってものは、無限なものじゃない。けれど、月の出ていない闇夜の晩、川には無限のひろがりがある。海を相手にしている船乗りは、海にたいしてそんな感じはもたない。海はたしかに厳しいし、しばしば人間につらくあたる。けれど海は、叫び声をあげたり、うなったりして、とにかく正直だよ。あの偉大な海ってやつはね。ところが、川は黙りこくっていて、陰険だ。川はうなり声をあげることもなく、いつだって音もなく流れている。流れ行く水のこの永遠の運動は、ぼくにとっては、大海原の高波より、もっと恐ろしいものなんだな。

夢想家たちに言わせると、海底には、青々とした大きな国があるんだそうだ。そこでは溺死者たちが、大きな魚にまじって、奇怪な森のなかや、水晶の洞窟のなかを漂っているんだそうだ。ところが川には、深い暗闇があるだけで、すべては泥土のなかで腐ってゆく。そうは言っても、川だって、朝日にきらめきつつ流れてゆくときや、風にそよぐ土手下のアシのあいだを、ひたひたと流れてゆくときなどは美しいものだよ。

大海原について歌った詩人がいたっけね。

波よ　きみたちは知る　暗い悲劇の数々を

ひざまずき　祈り捧げる母たちの　恐れてやまぬ深き波よ
潮満ちて岸に寄せつつ　きみたちは語りあう　暗い悲劇の数々を
さればこそ　日が落ちて　波寄せるとき
きみたちはあげるのだ　かくも悲痛な叫びの声を

（ヴィクトル・ユゴー「海の闇」、詩集『光と影』所収）


しかしだね。海が、とどろくばかりの波音でもって語る陰惨な悲劇よりも、ほそやかなアシが、小さなやさしい声でささやく物語のほうがずっと無気味だと思うよ。

それはそれとして、思い出話をご所望のようだから、今から十年ばかり前、この川で体験した不思議な出来事をお話ししようかな。

今もそうだが、その頃もぼくはラフォンおばさんの貸家に住んでいた。ぼくにはルイ・ベルネっていう親友がいた。今じゃあ、ボート漕ぎから足を洗って、派手な放蕩生活もどこへやら、国務院（政府の最高諮問機関）に入っちまったがね。当時は、ここから八キロばかり下流のC……村に住んでいた。彼の家でのときもあれば、ぼくの家でのときもあったが、とにかくぼくらは毎日、夕食をともにしていた。

ある晩のことだが、かなりくたびれて、やっとのことでボートを漕ぎながら、ぼくは一人で自分の家に向かっていた。ボートは、三メートル九十センチもある河川用の大型ボートでね。夜はいつもこれを使っていたのさ。ぼくは、アシの茂みのそばで、ちょっと一息いれようと思ってボートをとめた。ほらあそこの鉄橋から二百メートルばかり手前のところさ。すばらしい晩だったよ。月は輝き、川はきらめいていた。大気は穏やかで、暖かだった。この静けさがぼくの気をそそった。この場所で、パイプを一服ふかしたら、さぞうまかろうと思ったんだ。思ったとたん、実行さ。ぼくは、錨《いかり》をつかむと川に投げ入れた。

ボートは流れに押されてしばらくは下流に向かったものの、錨づなが伸びきってとまった。ぼくは、船尾に羊の皮を敷いて、なるべく楽な姿勢で座りこんだ。物音ひとつしない静けさだ。時おり水が岸に寄せてたてる、ひたひたというほとんど耳に入らないほどの音が聞こえるばかり。ほかのアシよりもひときわ丈の高いアシの群れが目についたが、それがなんだかものすごい形相《ぎょうそう》をして、時どき体を揺すっているように見えた。

川は申し分なく穏やかだったんだが、それだけにかえって、周囲のとてつもない静けさが無気味に感じられた。あらゆる生き物、夜になると水辺で鳴き声をたてる、ガマガエルだのヒキガエルだのも黙りこくっていた。突然、ぼくのすぐ右手のところで、ガマガエルが鳴いた。ぼくは体をぞくっと震わせた。そのあとはもう何も聞こえない。そこで気をまぎらせるため、ぼくはタバコをもう一服やることにした。ところが名うての愛煙家のぼくとしたことが、タバコが喫《す》えないんだよ。二服めをふかしたとたんに吐き気がして、ぼくはタバコを喫うのをやめた。小声で歌をうたってみたが、それもよしにした。自分で自分の声が聞くに堪えぬものに思われたのでね。そこでぼくは、ボートの底に仰向けにひっくり返り、夜空を眺めることにした。しばらくのあいだ、ぼくはじっとしていた。しかしやがて、舟のかすかな動きが気になりだした。船首を左右に大きく振り、まるで川の土手の両側にかわるがわる舟べりをぶつけようとしているみたいな気がしてきたんだ。それから目に見えない力が働いて、何者かの手がボートを水底にそっとひっぱり、つぎにはボートを持ち上げ、それからまた水中にひきずりこもうとしているかのように思われた。ぼくは、まるで嵐のさなかみたいに、揺すぶられた。まわりでいろいろな物音が聞こえだした。ぼくは急いで起き上がった。だが、あたりはしんと静まり返り、水がただきらきらと光るばかり。

どうも少し神経をやられていると思ったから、ぼくはその場を離れることにした。鎖をひっぱると、舟は動きだしたが、やがて手に抵抗を感じた。強く引いても錨は上がってこない。水底で何かにひっかかったものとみえて、どうしても上がってこないんだね。ぼくは、もう一度ひっぱり始めたが、どうしてもだめなんだよ。そこでぼくはオールを手にすると、ボートの向きを変えた。そして舟を上流にもってゆき、錨の位置を変えてみようとした。しかしそれでもだめで、錨はやっぱり上がってこない。腹をたてたぼくは、錨を激しく揺すってみた。びくともしない。ぼくは、がっかりして座り込み、自分の置かれている状況について考えてみることにした。この鎖を壊したり、舟から取り外したりすることは問題にもならない。なにせ鎖は太い。おまけに船首のぼくの腕よりも太い木の縁《へり》に、しっかりと埋め込まれていたのだ。しかし、大変天気のいい晩だったんで、そのうちに誰か漁師でもやってきて、助けてくれるにちがいないと、ぼくは考えた。この災難のおかげでかえって気持が落ち着き、ぼくは腰を下ろした。ようやくパイプをふかすことができるようになった。ラム酒を持ち合わせていたので、そいつを二、三杯ひっかけると、自分の置かれた状況が滑稽なものに思われてきた。とても暖かい晩だったから、場合によってはそのまま舟の上で一夜を明かしても、べつにどうっていうことはない。

突然、船腹に何かが当たり、こつんという音がした。ぼくはびくっとしてしまった。冷や汗が流れて、頭のてっぺんから足のつま先まで寒気《さむけ》が走った。これは、川に流されて来た材木かなんかが、たてた音にちがいなかった。しかし、それだけのことで、ぼくはもう奇妙な神経的興奮に襲われてしまったのだ。ぼくは鎖を手につかむと、渾身の力をふりしぼって踏ん張った。錨はびくともしない。力つきてぼくはへたりこんだ。

そうこうしているうちに、川は、真っ白く濃い霧に少しずつ覆われてきた。霧は、水面をかすめるほど低くたれこめていたから、立ち上がると川が見えない。もはや、自分の足も舟も見えず、見えるのはただアシの穂先ばかり。それからやや遠くのあたりに、月明りに青白く照らしだされた野原と、それからポプラの木立が、黒い大きな染《し》みのように、夜空に浮き上がっているさまが見えるばかりなのだ。あたかも、不思議な白い綿の海のなかに腰までつかってしまったようで、ぼくはいろんな幻覚に襲われだした。もはや見分けるのもままならぬ舟の上に、誰かが乗りこもうとしているように思われた。また、不透明な霧に隠された川には、奇妙な生き物がうようよしていて、その連中がまわりで泳ぎまわっているようにも思われた。気分がひどく悪くなった。こめかみはしめつけられるようだったし、心臓は今にも破裂しそうなほど、どきどきと脈うった。正気を失ったぼくは、泳いで逃げだそうかと思ったくらいだ。しかし、すぐさまそんな考えをいだいたこと自体に、ぼくはおびえた。そんなことをすれば、この濃い霧のなかで方角を失い、でたらめな方向に進んだ挙句が、避けようもなく、水草やアシの茂みに体をとられて身をもがき、恐怖に喘《あえ》いでもはや土手も目に見えず、ボートも見失ってしまうことになるだろう。そういう自分の様子がありありと見えたのだ。また、この黒々とした水底のほうへと、誰かに足をひっぱられるにちがいないとも感じられたのだ。

事実、水草もイグサもなくて、足をちゃんと底につけられるような場所に出るには、少なくとも五百メートルは、上流に向かって泳がねばならなかったから、この霧のなかでは、十中八九、方角を失ったことだろう。泳ぎはうまいつもりだが、それでもきっと溺れてしまったことだろう。

ぼくはつとめて気を落ち着かせようとした。恐怖心にとりつかれてはいかんということを、ぼくは肝に銘じていたんだが、ぼくの心のなかには意志の及ばない場所があって、そこんところがこわがっちまうんだよ。いったいぜんたい、何をこわがっているのかとぼくは自問した。ぼくらの心のなかにある二つの存在がたがいに対立しあうのを、あの日ほど自覚させられたことはないね。一方が欲すると、他方が抵抗し、かわるがわる勝ったり負けたりしていたのだ。

説明しがたいこの馬鹿げた恐怖は、大きくなりまさるばかりで、ついにはとてつもないものになった。ぼくは身じろぎもせず、目を見開き、耳をすませて待っていた。何を待っていたのだろうか。それはわからないが、ただそれが恐ろしいものにちがいないことは、確かだった。よくあることだが、もしもそのとき、魚が一匹、水面に跳《は》ねでもしたら、ぼくはそれだけで気を失い、ばったりその場に倒れてしまったにちがいない。

しかし、猛烈な努力のおかげで、失われかけていた理性をぼくはやっと取り戻した。ぼくは、もう一度ラム酒の瓶《びん》を手に取り、たっぷりとあおった。

それから、ふと思いついて、ぼくは、地平線の四方につぎつぎと顔を向け、全力をふりしぼって叫び始めた。喉がしびれかけてしまったとき、ぼくは耳をすませた——はるか遠くで犬が吠えていた。

ぼくはさらに飲み続け、ついにボートの底に、大の字になって横たわってしまった。こんなふうにしてぼくは、もしかしたら一時間、いやもしかしたら二時間ばかりものあいだ、周囲の悪夢のような光景におびやかされつつ、眠ることもできず、じっと大きく目を見開いたままでいたのだ。起き上がりたいと思うんだけれど、どうしてもそれができず、立ち上がるのを一分のばしに先へとのばしていた。「さあ、起き上がるんだ」と、自分に言い聞かせたが、そのじつ、ちょっとでも身動きするのがこわくてたまらない。しまいにとうとう、あたかも少しの物音でもたてたら、命を失うとでも言わんばかりに、ものすごく注意して、ぼくはそろそろと起き上がった。そして舟べりからあたりを見まわした。

およそ目にし得るかぎりのすばらしい、そして驚くべき光景に、ぼくは幻惑されてしまった。それは、おとぎの国の夢幻的な光景だった。遠い国から帰ってきた旅人の口から聞かされることがあっても、人々があまり信じようとしない幻覚の一種だった。

二時間ほど前まで川面《かわも》に漂っていた霧は、今やしだいにしりぞいて、川の両岸にたちこめていた。きれいさっぱりと川筋からたち去った霧は、高さ六、七メートルばかりの丘となって、両岸の土手の上をとぎれることなく続いていた。そして雪のように崇高な輝きを放ちつつ、月下にきらめいているのだった。目に見えるものといえば、まっ白な二つの山脈にはさまれ、金糸銀糸に織りなされて火のように燃えつつ流れる川ばかり。頭上を仰ぎ見ると、青みがかった乳色の空の真ん中に大きな満月がかかっていた。

水に棲むあらゆる生き物が目を覚ましていた。ガマガエルが狂ったように鳴いていた。

時どき右や左に、短くて単調な、そしてもの悲しげな鳴き声も聞こえた。ヒキガエルが星に向かって上げる甲高《かんだか》い鳴き声なのだ。奇妙なことに、ぼくはもう恐さを忘れていた。あまりにも異様な風景にとりかこまれていたので、奇っ怪きわまる出来事に遭遇しても、もう驚かないような気分になっていたのだ。

こういう状態がどのくらい続いたものやら、ぼくにはわからない。というのも、しまいにぼくは眠りこけてしまったからだ。目を開けてみると、月はすでに沈み、空は雲で覆われていた。川は無気味な音をたてて波打ち、風が吹き、寒く、あたりは深い闇につつまれている。

ラム酒の残りを飲んだあと、ぼくは、寒さに震えながら、アシのたてるさやさやという音や、川面から聞こえてくる無気味な音に耳をすませた。目をこらしたところで、ボートは見えないし、自分の手を目に近づけてすらそれが見えないのだよ。

それでもしだいに、闇は薄れていった。不意にぼくのすぐそばを、物影が滑っていくように感じられた。ぼくが叫び声を上げると、人の声が応じた。漁師だった。呼ぶと近づいて来てくれたので、ひどい目にあったいきさつを語った。漁師は、自分の舟をぼくのに横づけし、二人がかりで錨をひっぱった。錨はびくともしない。朝が来ようとしていた。暗くて陰気な、雨模様の、冷たい朝だ。こんな日にかぎって、悲しいことや不幸なことが起きるもんだ。小舟がもう一艘見えたので、ぼくらは大声で叫んだ。その小舟に乗っていた男も、ぼくらに力を貸してくれた。すると、少しずつ錨が動き出した。錨は、ゆっくりと、じつにゆっくりと上がってきたが、どうもなにやらよほど重いものを引っかけているらしい。やっと黒いかたまりが見えてきたので、それを舟の上に引き上げた。

それは、老婆の死骸だった。首には大きな石がくくりつけられていた」

(*Sur l'Eau*)

シモンのパパ

お昼の鐘が鳴り終わろうとしていた。校門が開くと、子供たちはわれさきにおもてに出ようとして、ひしめきあいながら、駆け出してきた。しかし、ふだんのように、自宅での昼食に帰るため、たちまち四方に散ってしまうのではなく、子供たちは、五、六歩行ったところで立ち止まり、何人かずつ集まって、ひそひそ話を始めた。

というのは、その日の朝、ブランショットの息子のシモンがはじめて学校へ来たからだった。

ブランショットのことは、みんな自分たちの家で噂を聞いていた。母親たちは、人前でこそ愛想よく振舞ってはいたものの、陰にまわるといくぶん軽蔑のいりまじった同情をこめて、彼女を話題にしていた。母親たちのこういう気持は、訳がわからないながらも、子供たちの心に影響を及ぼしていた。

シモンはというと、子供たちは彼をよく知らなかった。シモンは、おもてに出ることなどなかったし、ほかの子供たちと一緒になって、村の通りや川べりをうろつきまわることもしなかったからだ。だから、子供たちはシモンをあまり好いていなかった。で、十四、五歳ぐらいの少年が、訳知り顔で、

「知ってるかい……シモンね……あいつにはパパがいないんだぜ」と言ったとき、この言葉は、驚きのこもったひそかな喜びとともに、子供から子供へとくり返され、伝わっていったのである。

ブランショットの息子が、校門のところに姿をあらわした。

その子は、七、八歳ぐらいの年格好だった。顔色のすこし青白い、こざっぱりとした身なりの子供で、気が弱そうな、なんだか無器用そうな様子をしていた。

シモンは、母親のところに帰ろうとしていた。すると、群れをなした生徒たちは、相変らずひそひそとささやきあいつつ、悪いいたずらを考えているときなどに子供が見せ

る、ずるい意地悪げな目つきをして、シモンをじろじろと見つめた。そしてシモンのほうにじりじりと寄って来ると、ついには、すっかりまわりを取り囲んでしまった。シモンは、自分が何をされようとしているのか見当もつかず、びっくりし、困りはてて生徒たちの真ん中に立ちつくしていた。シモンのことを言い触らした少年は、早くも自分の陰口が効を奏したのに得意になって、「きみの名前はなんて言うんだい？」とシモンに訊《たず》ねた。

「シモンだよ」と子供は答えた。

「シモン何《なん》ていうのさ」と相手がまた言った。

子供は、困って「シモンだよ」と言うばかりだった。

少年は、シモンに向かって大声で言った。「名前ってものは、シモンなになにっていうもんだよ……ただのシモンなんて、名前じゃないぜ」

子供は、もう今にも泣きだしそうになりながら、

「ぼくの名はシモンだよ」ともう一度くり返した。

ガキどもはどっと笑った。例の少年は、勝ちほこったように声を張り上げて、「やつにはパパがいないってことがこれでわかったな」と言った。

一同はしんとなった。パパのいない子供――このあり得ない、途方もない、とんでもない事実に、子供たちはびっくりしてしまったのだ。子供たちは、まるで化物か、自然に反した生き物でも見るような目で、シモンをじろじろと見た。ブランショットにたいする母親たちのさげすみの気持がこれまでは納得できなかった。それが今では同じようなさげすみの気持が、子供たちの心のなかでもぐんとひろがっていくのが感じられた。

シモンはといえば、倒れまいとして木によりかかり、取り返しのつかない災難に見舞われたかのように、じっとしていた。なんとか言い訳をしようと思ったけれど、どう答えていいかわからず、自分にはパパがいないという、この恐るべき事実を否定するための言葉がみつからなかった。顔面蒼白になりながら、シモンはようやくみんなに向かって、当てずっぽうに「ぼくにだってパパはいるよ」と答えた。

「どこにいるんだい」と、例の少年が訊ねた。

シモンは黙った。わからなかったからだ。子供たちは、すっかり興奮してげらげらと笑いだした。こういう田舎の子供たちというものは、動物に近い存在だ。ニワトリ小屋で飼われているめんどりのなかに、怪我をしたのが一羽いると、たちまち他のめんどりがよってたかって殺してしまうことがあるが、そのような残忍な気持に、子供たちはかられていたのだ。シモンは、急に、隣家の男の子がいるのに気づいた。この男の子は、寡婦の子で、自分と同じようにいつも母親と二人だけでいるのをよく見かけていた。

「きみにだってパパがいないよね」と、シモンが言った。

「いるとも」と、相手は答えた。

「どこにいるのさ」とシモンが言った。

「パパは死んだ」と、男の子は、得意気に言い放った。「パパはお墓にいる」

そうだそうだという呟きが、子供たちのあいだにひろがった。死んだ父親が墓地にいるということが、突然この男の子の存在を大きなものにし、父親というものがぜんぜんいないほうの子供を押しつぶしてしまったかのようだった。このガキどもの父親は、たいていは性悪《しょうわる》で、酔っ払いで、盗人《ぬすっと》で、女房につらくあたる連中だった。それでもこのガキどもは、自分たちにはちゃんとした父親がいるというだけの理由から、法律の枠からはみだした子供を押しつぶそうとするかのように、たがいに押し合いながら、囲みをせばめてくるのだった。

シモンのすぐそばにいた子が、突然、からかうような様子で、シモンに向かって舌を出して見せ、

「父《てて》なし子、父なし子」と叫んだ。

シモンはその子の髪の毛を両手でつかむと、頬に噛みつき、つづけざまに相手の脚を蹴り始めた。すさまじい殴りあいになった。二人は引き離された。シモンは、殴られ、ひっかかれ、痛めつけられて地面に蹴倒されていた。まわりを取り囲んだ悪童たちは、やんやとはやしたてた。シモンは起き上がると、泥にまみれた小さな上着を、手で無意識にはたいていた。すると、誰かがシモンに向かって叫んだ。

「パパに言いつけに行くといいや」

すると、シモンは、自分の心のなかの何かが、崩れ落ちたような気がした。この連中は、自分よりも強く、自分をうちのめしてしまった。こいつらには言い返すこともできやしないのだ。なぜなら、シモンは、自分に父親がいないというのは、その通りだとはっきり感じていたからだ。誇り高い気持から、シモンは、しばらくのあいだ、あふれ出ようとする涙をこらえていた。しかし、息がつまり、ついには声を忍ばせて、大きくしゃくりあげながら、体を震わせ、すすり泣きし始めた。

すると、敵の子供たちのあいだに、残忍で嬉しげな声が上がった。歓喜に狂う野蛮人のように、子供たちはいつの間にか手と手を取り合い、シモンのまわりで輪をつくって踊り始め、歌のリフレインのように、「父《てて》なし子、父なし子」と繰り返すのだった。

しかし、不意にシモンは泣きやんだ。足もとに小石がいくつかころがっていた。シモンはそれを拾うと、いじめっ子たちに向かって、全力で投げつけた。二、三人の子に石が当たると、その子たちは大声をあげながら逃げて行った。シモンの形相《ぎょうそう》があんまりものすごかったので、ほかの子供たちも恐怖に襲われた。怒り狂った一人の人間の前では、群衆とはつねに臆病なものだ。この子供たちもそうだったから、みんな、散り散りばらばらになって逃げて行った。

一人きりになると、父親のない子は、野原のほうに向かって駆け出した。それというのも、この子はあることを思い出し、そのせいで重大な決心をしたからだった。川で溺れ死のうと決心したのだ。

一週間ほど前のこと、あわれな乞食がとうとう金につまって、身投げをした。シモンはそのことを思い出した。死体がひきあげられたとき、シモンはそこに居合わせた。あわれなじいさんは、ふだんは惨めで、不潔で、醜かったのに、そのときは、青白い頬、水に濡れた長いひげ、穏やかに見開かれた両の目など、いかにも安らかな様子をしていて、シモンは胸をうたれた。「死んじまったな」と、まわりの人々が言った。「やっと幸せになれたよ」と、誰かがつけ加えて言った。あわれなじいさんにお金がなかったように、自分には父親がないのだから、溺れ死んでしまおうとシモンは思った。

シモンは、川のほとりまで来ると、水が流れるのをじっと見つめた。澄んだ流れのなかで、魚が四、五匹、戯れるように素早く泳いでいた。時どき跳ね上がると、水の上を飛び回っている小さな虫をぱくりとくわえた。魚の動きがあまり面白かったので、シモンは泣くのをやめて魚に見入った。しかし、ちょうど、嵐の小止みのさなかでも、不意に突風が吹いて樹木を揺るがせ、そのあと地平線に去ってしまうように、「ぼくには、パパがいないから、溺れ死ぬのだ」という考えが、強い苦痛をともなって時どき思い返されるのだった。

とても暖かい、いい陽気だった。穏やかな日ざしが草を暖めていた。水は鏡のようにきらめいていた。シモンはうっとりとした気分になった。泣いたあとのけだるさを感じ、暖かい日ざしを浴びながら、草の上で眠り込んでしまいたくなった。

足もとで、小さな青ガエルが跳ねた。シモンはそのカエルをつかまえようとしたが、逃げられてしまった。カエルを追いかけたが、三度もつかまえそこねた。ようやく後脚の先をつかまえると、カエルが逃げようとしてもがくさまを見て、シモンは笑いだした。

カエルは、長い後脚を縮めると、つぎには、にわかにそれをのばして、脚を一本の棒のように固くした。そして金色の隈取《くまど》りのついた目をまん丸くして、前脚を手のように動かし、空中にばたばたさせた。それを見ていると、シモンは、小さな板をジグザグに釘で留めた玩具《おもちゃ》を思い出した。小さな板は、このカエルと同じように動き、その上に刺してある小さな兵隊たちが、おいっちに、おいっちに、と教錬をする仕掛けだった。すると、シモンは、自分の家や、母親のことを思い出し、無性に悲しくなってまた泣きだした。手足が震えてとまらなくなった。シモンは、ひざまずくと、寝る前にするように、お祈りを唱えた。しかし、しまいまでお祈りを唱えることができなかった。嗚咽《おえつ》があまりにもひんぱんに、あまりにも激しく襲ってきたからだ。シモンはもう何も考えず、何も見ず、ただひたすら泣き続けた。

突然、重い手がシモンの肩にのせられ、太い声が「坊や、なんでそんなに泣いてるんだい」と訊ねた。

シモンは振り返った。ひげをはやし、黒い縮れ毛をした背の高い職人風の男が、やさしげに彼を見ていた。シモンは、目に涙をため、喉を詰まらせながら答えた。

「みんながぼくをぶったんだよ……ぼくには……ぼくにはパパが……いないから」

「でも」と、男は微笑《ほほえ》みながら言った。

「誰にだってパパはいるじゃないか」

子供は、悲しみのあまり体をおののかせて泣きじゃくりながら、やっとのことで「ぼくには……ぼくにはいないんだ」と答えた。

その言葉を聞くと、職人は真面目《まじめ》な顔つきになった。ブランショットの息子だということがわかったのだ。この土地に来てまだ間がなかったが、それでも彼はブランショットの話はなんとなく聞いていた。

「さ、坊や、元気をお出し」と職人が言った。「一緒にママのところに帰ろうぜ。パパなんて……そのうちに見つかるさ」

二人は歩きだした。子供の手を取って歩きながら、男はまた微笑んだ。このあたりで一番の美人と言われているブランショットの顔を見るのは、まんざらでもなかったからだ。それに、一度あやまちをおかした女なら、もう一度あやまちをおかすこともあるだろうと、もしかしたら男は、内心考えていたのかもしれない。

二人は大変こざっぱりとした白い小さな家の前に着いた。

「ここだよ」と、子供は言って、大声で「ママ」と呼んだ。

女が出てきた。すると、職人は、にわかに微笑むのをやめた。この青白い顔をした背の高い女が相手では、ふざけた真似などできないとすぐにわかったからだ。女は、かつて一度べつの男にこの家で裏切られたことがあった。だからこの家の敷居は、もう決してどんな男にもまたがせまいと決心しているかのように、厳しい顔つきで戸口のところに立っていたのだ。男は、鳥打帽を手にしておずおずと口ごもりながら言った。

「おたくの坊やが川べりで迷子になっていましたので、お連れしました」

けれども、シモンは、母親の首に飛びつくと、またもや泣きだしながら言った。

「ちがうよ。ぼくは、溺れて死んでしまおうと思ったんだよ。みんなが……ぼくにはパパがいないと言って……ぼくをぶったから」

若い女は両頬を真っ赤に染めた。骨の髄まで傷つけられた気がして、女は激しくわが子に接吻した。涙があふれ出て、頰をつたって流れた。胸をうたれた男は、帰るきっかけを失ってそこに立っていた。シモンは不意に男のほうに駆け寄ると、

「ぼくのパパになってくれない？」と言った。

一瞬しんとなった。ブランショットは、いたたまれないほど恥ずかしく、黙って両手を胸にあてたまま、壁によりかかっていた。相手が返事をしないのを見ると、子供がま

た言った。

「パパになってくれないんなら、ぼくはまた川に戻って溺れちゃうよ」

職人は、冗談にまぎらせて笑いながら答えた。

「いいとも。パパになってあげるよ」

「おじさんの名前はなんていうの」と、子供が訊ねた。「みんなに聞かれたら、返事をしなくちゃいけないからね」

「フィリップだよ」と、男が答えた。

シモンは、この名前をしっかりと覚え込もうとするかのように、一瞬、黙り込んだ。それから両手をさし出すと、すっかり嬉しくなって、

「じゃあ、フィリップはぼくのパパだね」と言った。

職人は、子供を抱き上げると、いきなり両頬に接吻し、それから急いで立ち去った。

翌日、シモンが登校すると、意地の悪い嘲笑が待ちうけていた。学校を出るとき、例の腕白小僧がまたからかい始めようとした。するとシモンは、石でも投げつけるような具合に、「ぼくのパパはフィリップっていうんだ」と言い放った。

四方八方から嬉しそうな叫び声が飛んできた。

「フィリップ何《なん》ていうんだい……フィリップ何さあ……フィリップって何のことだあ……どこで拾ってきたんだい、そのフィリップってやつを」

シモンは何も返事をしなかった。自分のパパはフィリップだという信念があったので、逃げ出すくらいなら、いじめられたほうがましだと思って、みんなをぐっとにらみ返した。先生が来て助け出してくれたので、シモンは家に帰った。

三カ月のあいだ、職人のフィリップは、ちょくちょくブランショットの家のそばを通った。ブランショットが窓際で縫い物をしているのを見かけたりすると、時には思い切って、話しかけることもあった。ブランショットは丁寧に受け答えをしたけれど、真面目な態度をくずさず、笑い顔も見せず、相手を家のなかに招じ入れることもしなかった。しかし、男というものの御多分に漏れず、フィリップにも多少のうぬぼれがあったので、自分と話しているとき、ブランショットは、ふだんよりも顔を赤らめがちのような気がしていた。

しかし、一度落ちた評判というものは取り戻すのが容易でなく、どこまでも脆《もろ》いものだ。ブランショットの神経質すぎるぐらいの慎重な態度にもかかわらず、もう村人たちは、噂をたて始めていた。

シモンはといえば、この新しいパパが大好きで、一日が終わると、ほとんど毎夕のように一緒に散歩するのだった。毎日かかさず学校に行き、生徒たちのあいだをわるびれた色もなく通り抜け、決して彼らに返事をしようとしなかった。

ある日のこと、最初にシモンをいじめた少年が、

「嘘つき。きみにはフィリップなんていうパパはいないよ」と言った。

「なぜだい」と、シモンは、胸をどきどきさせながら訊ねた。

少年は、両手をこすり合わせて嬉しげに言った。

「なぜかって言えばさ、きみにパパがあるんなら、その人はきみのママの亭主ってことになるからさ」

シモンは、相手の理屈がいかにも正しいのですっかり狼狽《ろうばい》してしまったが、「それでもやっぱりぼくのパパなんだ」と、やっと答えた。

「そうかもしれないな」と相手はあざ笑うように言った。「でも、すっかりパパっていうわけじゃないだろうよ」

ブランショットの子は、うなだれ、もの思いにふけりながらロワゾンじいさんの鍛冶屋のほうに足を向けた。フィリップは、その鍛冶屋の職人だったのだ。

この鍛冶屋は、樹木の茂みに埋もれるようにたっていた。だから鍛冶屋のなかはたいそう暗く、大きな炉の赤い炎だけが、腕もあらわな五人の鍛冶職人の姿をあかあかと照らし出していた。職人たちは、ものすごい音をたてながら、鉄床《かなとこ》をたたいていた。五人は、真っ赤な鉄を見据えながらそれを鍛え、まるで仁王のように火に照らされて立っていた。彼らの重苦しい想念も、ハンマーと一緒に上がり下がりしているかのようだった。

シモンは、誰にも気づかれずになかに入り、フィリップのそばにそっと歩いて行って彼の袖をひっぱった。フィリップが振り向いた。仕事はにわかに中断され、男たちは注意深い目でじっとシモンを見つめた。すると、このつねならぬ静寂のなかで、シモンのか細い声が聞こえた。

「ねえ、フィリップ、ミショードんとこの子が、さっきぼくに言ったんだ。フィリップはすっかりぼくのパパになったわけじゃないって」

「どうしてだい」と、職人が訊ねた。

子供は、ごく無邪気な口調で、

「おじさんはママの亭主じゃないからだってさ」と、答えた。

誰も笑わなかった。フィリップは、鉄床に立てたハンマーの柄の上で大きな両手を組み、その甲に額をのせた。そして考えにふけった。

四人の仲間たちが、その様子を眺めていた。大男のあいだにはさまれた小さなシモンは、心配そうに返事を待っていた。突然、鍛冶職人の一人が、みんなの考えを代弁するかのように、フィリップに言った。

「なんのかんのと言ったって、ブランショットは、立派な女だよ。不幸な目にあったが、しっかり者で、真面目な女だ。ちゃんとした男の、立派な女房になれる女だと思うね」

「そりゃそうだ」と、三人の男たちが言った。

さっきの職人が言葉を続けた。

「誘惑に負けたからって、あの女が悪いんじゃない。結婚の約束があったんだからね。同じようなあやまちをおかしても、今じゃちゃんと人に尊敬されている女が、何人もいるよ」

「そりゃそうだ」と、三人の男たちが、異口同音に言った。

男はまた言った。

「一人で子供を育てるについちゃあ、ずいぶんと苦労したろうな。教会に行くほかは外出しなくなってから、どれほど泣いたか、神様だけがご存じだ」

「そりゃその通りだ」と、ほかの男たちがまた言った。

それからは、炉の火をかきたてるふいごの音しか聞こえなくなった。急に、フィリップは、シモンのほうに身をかがめて言った。

「今晩、話をしに行くから、とママに言っておくれ」

それから、フィリップは子供の肩を押して外に出した。

フィリップは仕事に戻り、五本のハンマーがいっせいに鉄床の上に打ち下ろされた。彼ら五人の男たちは、彼ら自身満ち足りたハンマーそのものと化したかのように、こうして日が暮れるまで、力強く、喜ばしげに鉄を打った。けれども、祭の日、大聖堂の大鐘が、他の鐘の音を圧して響きわたるように、フィリップのハンマーは、ほかのハンマーの音をおさえて、耳を聾《ろう》するばかりの大音響とともに、絶え間なく打ち下ろされるのだった。そして、フィリップは、火花が散るなかで目を輝かせ、一心不乱に鉄を鍛えていた。

フィリップが、ブランショットの家の扉を叩いたとき、空には一面の星がまたたいていた。フィリップは、ひげを剃《そ》り、真新しいシャツの上に、一張羅の上着を着こんでいた。若い女は、戸口に姿をあらわすと、つらそうな様子で、「フィリップさん、こんな夜遅くにいらしては困りますわ」と言った。

フィリップは、何か答えようとしたが、口ごもってしまい、女の前でもじもじしていた。

女はまた言葉を続けて、「人の噂になりたくないわたしの気持は、わかっていただけますわね」と言った。

すると、フィリップがいきなり言った。

「そんなこと、かまわないじゃありませんか。私の女房になって下さればいいんだから」

答えは聞こえなかった。けれども、フィリップは、部屋の暗がりのなかで、何か体がくずおれるような音が聞こえたと思った。で、急いでなかに入った。もう寝床に入っていたシモンの耳に、接吻の音と、母親が何やらごく低い声でささやいているのが聞こえた。それから不意に、シモンは、自分の体が、仲良しのおじさんの手で抱き上げられるのを感じた。おじさんはシモンを力強く両腕で差しあげながら、大声で言った。

「友達に言うんだよ。ぼくのパパは鍛冶屋のフィリップ・レミーだ、ぼくをいじめるやつはパパが容赦しないと言っていたとな」

その翌日、学校が生徒たちで一杯になり、授業が始まろうとしていたとき、ちびのシモンが、青ざめた顔をし、唇を震わせながらすっくと立ち上がった。「ぼくのパパは」とシモンは、よく通る声で言った。「鍛冶屋のフィリップ・レミーだ。ぼくをいじめるやつは、容赦しないってパパが言ってたよ」

今度は誰も笑おうとしなかった。鍛冶屋のフィリップ・レミーのことならみんな知っていたからだし、誰だって自慢したくなるようなパパだったからである。

(*Le Papa de Simon*)

椅子直しの女

レオン・エニック*に捧ぐ

狩猟シーズンの開幕を記念して、ベルトラン侯爵邸で催されていた晩餐会もやがて終わろうとしていた。大きなテーブルはあかあかと照らし出され、そこには果物や花がのせられていた。まわりには狩猟仲間が十一人、それに八人の若い女性と土地の医者が一人座っていた。

たまたま恋愛が話題になると、大議論がもちあがってしまった。本当の恋は一生に一度きりのものか、それとも何度もあり得るものか、という例のお決まりの議論である。真剣な恋なら、一度しか経験しなかった人々の例があげられた。かと思うと、何度も激しい恋をした人々のことが引きあいに出された。恋の行く手にさまたげでもあろう

＊　フランスの作家。一八五一―一九三五年。

ものなら、当人が死ぬことだってある、しかし恋の情熱というものは病気のようなもので、同じ人間を何度でも襲うものだと主張したのは、概して男たちであった。この見解の正しさには疑いの余地がなかったが、ご婦人がたの意見というものは、観察にもとづくというよりは、むしろ詩的な情緒によるものとみえ、恋というもの、真の恋愛、大恋愛なるものには、人間、一生に一度しかめぐりあえないものだと彼女らは主張した。恋におちるとは雷《かみなり》にうたれるようなもので、ひとたびその閃光に触れるや、心は燃えつき、荒れ果て、空虚なものとなってしまって、いかなる他の強い感情も、いかなる空想すらも、もはや二度とふたたび芽生えることはあり得ないとおっしゃるのであった。

侯爵は、何度も恋をしたことのある人だけに、こういう信念には激しく反撥した。

「人間は、全力をあげ、全霊をかたむけて、何度でも恋をすることができると思いますね。二度の恋はできないという証拠に、恋に破れて自殺した人々の例をおあげになりましたがね。しかし私に言わせれば、この連中だって、自殺などという愚行さえおかさなければ、やがて恋の病いから癒《い》やされたにちがいないんです。自殺したせいでふたたび恋におちるチャンスを失ったにすぎないのです。人間は、寿命がつきるまでは何度も何度も恋をするものです。恋する人間なんて、酒飲みのようなものでしてね。酒の味を知ったら飲まずにはいられない――恋の味わいを知ったら恋せずにはいられません。これはまあ、体質の問題でもありますがね」

一同は、議論の裁定を医者に求めた。パリで医者をしていたが、今は引退して田舎に引っ込んでいる男である。

ところがあいにく、この医者には、自分の意見というものがなかった。

「侯爵も言われたが、これは体質の問題だと思いますな。ただ私は、五十五年間ただ一日の休みとてなく、当人が死ぬまで続いた恋というものを知っていますがね」

侯爵夫人が手を叩いて喜んだ。

「美しいお話ですこと。そんなふうに愛されるなんて夢物語ですわ。深く激しい愛情につつまれて五十五年間も暮らすなんて、なんという幸せでしょう。そんなふうに心から愛されたその男の方は、幸福だったはずですわ。人生を祝福したいような気持だったにちがいなくてよ」

医者は微笑《ほほえ》んだ。

「おっしゃるとおり、愛されたのは男性のほうでした。奥様もご存じの人物、この町の薬屋、シューケです。女性のほうはといえば、これも奥様ご存じの椅子直しの女で、毎年、こちらのお屋敷にも来ていたばあさんですよ。では、詳しいお話をしてさしあげましょう」

ご婦人がたの感激はたちまちさめてしまい、「まあ、いやだわ」と言わんばかりの顔つきになった。あたかも、紳士淑女が関心を寄せていいのは、洗練された上流階級の人物だけで、恋愛もまたこの連中の独占物であるとでも思っているかのようだった。

医者は話の先を続けた。

*

今から三カ月ほど前、私はあのばあさんの臨終の場に呼ばれたのです。ばあさんはその前日、住まいがわりにしていた馬車に乗って、この町にやって来ました。みなさんもご存じのあの例の駄馬に曳《ひ》かれ、ばあさんにとっては友でもあれば番犬でもある、大きな二匹の黒犬を連れてやって来たのです。司祭様はもう来ておられました。ばあさんは、司祭様と私を遺言執行人に指定しました。そして、自分の遺言の意味するところを明らかにするために、自分の一生について身の上話をしたのです。私は、これ以上に風変わりで、これ以上に悲しい話を聞いたことがありません。

父親も母親も椅子直しが商売で、だから、ばあさんは地面の上にしっかりたった家というものには、住んだことがありませんでした。

ごく幼い頃から、ぼろをまとい、シラミだらけの汚いなりで、旅から旅の放浪生活をしていました。村に着くと、村の入口の小川のそばに馬車をとめ、馬を馬車からはずします。馬は草をはみ、犬は前脚の上に鼻づらをのせて眠ります。道端のニレの木陰で、両親が、村じゅうの古椅子の修理をしているあいだ、少女だった彼女は、草の上に寝そべっていました。この移動式の住居のなかでは、ほとんど会話というものがありませんでした。あのおなじみの「椅子のー、直しいー」という呼び声をあげながら、家々を回って歩く役目を誰がするかを決めるため、ふたことみこと言葉が交わされたあと、両親は、向かいあうか並ぶかして、藁《わら》を撚《よ》っていました。子供が遠くに行きそうになったり、村の腕白と仲良くしかけたりすると、「馬鹿もの、さっさとこっちに帰って来い」という怒った父親の声に呼び戻されました。子供が耳にするやさしい言葉といえばこれだけなのでした。

少し大きくなると、壊れた椅子を集めにやらされました。すると、そこここで少年たちと知り合いになりかけましたが、今度は少年の親たちが、子供を乱暴に呼び戻すのでした。「こっちに来るんだ、このガキめ。乞食なんかと口をきくんじゃないよ」

幼い男の子たちがよく彼女に向かって石を投げました。

おかみさんたちが小銭をくれることもあり、すると、彼女は、それを大切にしまっておくのでした。

ある日のこと、彼女は――十一歳になっていましたが――この町を通った折りに、墓地の裏手でシューケの坊やに出っくわしました。少年は、友達にリヤール銅貨（一リヤールは十二分の一スー）を二枚とられて泣いていたのです。めぐまれない少女がいたらぬ知恵で想像していたところでは、お金持の坊やなどというものは、いつも楽しくうきうきと暮らしているものだと思っていたものですから、坊やの泣いている姿を見て、彼女はびっくりしてしまいました。彼女はそばに行き、泣いている訳を知ると、少年の手に、貯めておいたお金を全部渡してやりました。七スーものお金でした。少年はすなおにお金を受け取ると、涙をぬぐいました。すると、彼女はすっかり嬉しくなり、大胆にも少年にキスをしたのです。少年は、しげしげと貨幣を眺めていたところでしたから、されるがままになっていました。相手から押しのけられもせず、ぶたれもしないのがわかったので、少女はもう一度キスをしました。少年を両腕でしっかりと抱きしめ、心をこめてキスしたのです。それからあわてて逃げて行きました。

少女の哀れな心のなかで何が起こったのでしょうか。彼女が坊やを好きになったのは、放浪生活を送る身ながら、貯めたお金を全部与えてしまったからでしょうか。それとも、情のこもった最初のキスを与えたからでしょうか。人の心の謎というものは、大人の場合も子供の場合も変わらないようです。

何カ月ものあいだ、彼女は、この墓地の一隅と少年のことばかり考えていました。少年にまた会えるかもしれないと思い、少女は両親のお金を盗みました。椅子直しの代金や、買い物用のお金のなかから、こちらで一スー、あちらで一スーという具合にくすねたのです。

またこの土地にやって来たとき、少女は二フラン（一フランは二十スー）も貯めこんでいました。けれども、薬屋の息子の姿は、父親の店のガラス戸の向こう側にちらりと見かけただけでした。少年は、広口瓶とさなだ虫の標本にはさまれ、こざっぱりした格好をしていました。

少女は、少年のことがいっそう好きになりました。色つき水溶液のすばらしさと、きらきら光るガラス製品のはなばなしさに、彼女はすっかり夢中になり、心を動かされ、うっとりとしてしまったのです。

少年の思い出は、彼女の心に消しがたく刻みつけられました。少女は翌年、小学校の裏手で少年にまた会いました。友達とビー玉遊びをしていたところでしたが、少女は男の子にとびつくと、両腕で抱きしめ、あんまり激しくキスしたものですから、少年はおびえて泣きだしました。そこで彼女は、相手をなだめるためにお金を与えました。三フラン二十サンチーム（一サンチームは、百分の一フラン）といえば、なかなかの大金で、少年は目を丸くしてそのお金を眺めていました。

少年はお金を受け取ると、相手に好きなだけキスさせました。

さらに四年のあいだ、少女は貯めたお金のすべてを少年の手に渡し続け、少年は、キスさせてやるかわりに受け取ったお金を、さも大切そうにポケットにしまいこむのでした。最初は三十スー、つぎは二フラン、そのつぎが十二スー（その年は実入りが悪く、少女は、つらいのと恥ずかしいのとで涙をこぼしたものです）、それから最後に会ったときは五フランの大きな丸い銀貨で、少年はそれを見て、満足そうに微笑みました。

少女はもう彼のことしか考えなくなりました。彼のほうでも、少女がまたやって来るのを待ちわびるようになり、少女の姿が目に入ると、駆け寄って来ました。それを見て少女は胸をおどらせたものでした。

それから少年の姿が見えなくなりました。中学校の寄宿舎に入ったからです。少女は、そのことを上手に聞き出しました。そこで彼女は、学校の休暇の時期にこの土地を通ることになるよう、あらん限りの手練手管《てれんてくだ》を用いました。そして、両親に旅の道順を変えさせるのに首尾よく成功しました。けれどもそれは一年がかりのことで、結局、二年間ものあいだ、少女は彼に会えなかったのです。少年は見違えるように変わっていました。背が高くなり、立派になって、金ボタンの制服を着たところは堂々たるものでした。少女の姿など目に入らぬふりをして、つんとすましたまま通り過ぎてゆきました。

少女は悲しくて、二日間ものあいだ泣いていました。そしてそれ以来、彼女の終わりのない苦しみが始まったのです。

毎年、彼女はこの町にやって来ました。しかし少年の前を通り過ぎながらも挨拶する勇気がなく、彼のほうでは、目を向けてさえくれませんでした。少女は、彼のことを狂おしいばかりに愛していました。彼女は私に言いました。「先生、彼は、私がこの世で会ったただ一人の男でした。ほかの男などいるかいないかすら、私は考えたことがなかったのです」と。

両親は、世を去りました。彼女は、両親の仕事を受けつぎましたが、犬を一匹から二匹にふやしました。この二匹は、誰も手出しできないほどの恐るべき猛犬でした。

ある日のこと、心はひと時も離れたことがないこの町に、彼女はまたやって来ました。すると、自分の最愛の男の腕にすがって、一人の若い女が、シューケの店から出て来るのが見えました。結婚したのです。

その日の晩、彼女は、役場前の広場にある池に身を投げました。帰宅の遅れた酔っ払いが、彼女の体を引き上げ、薬屋のところに運びました。シューケの息子は、ガウン姿で寝室から降りてきて、彼女の手当をし、相手が誰か知らないふりをして、服を脱がせ、体をマッサージしました。それから「どうかしているなあ。こんな馬鹿なことはもうしないで下さいよ」と、つれない声で言いました。

彼女を治すにはそれで充分でした。彼が話しかけてくれたのですから。それだけで長いこと幸福な気持でいられました。

彼女は、治療代を払うと言ってきかなかったのですが、相手はどうしても受け取ろうとしませんでした。

彼女の一生はそんなふうにして過ぎてゆきました。シューケのことだけを考えながら椅子直しに励む毎日だったのです。毎年、ガラス戸の向こうにいる彼の姿が見えました。その店で、こまごました薬品類の買い溜めをするのが習わしになりました。こうすれば、すぐ近くから彼の顔を見、話しかけ、さらにお金を渡すこともできたからです。

初めに申し上げた通り、彼女は、今年の春、世を去りました。この悲しい物語のすべてを語り終えたあと、彼女は、辛抱強く愛し続けた男に、生涯かかって貯めたお金のすべてを渡して欲しいと、私に頼みました。なぜなら、彼女は、もっぱらこの男のためにだけ働いてきたからです。彼女の話によると、それは自分がいつか死んだあと、すくなくとも一度は、男に自分のことを思い出してもらうために、時にはひもじい思いまでしながら貯めたお金でした。

彼女は、私に二千三百二十七フランのお金を渡しました。私は、葬式の費用として司祭様に二十七フラン渡し、残りは、彼女が息をひきとったあと、私が持ち帰りました。

翌日、私はシューケの店に出かけて行きました。夫婦は、さしむかいで昼食を終えようとしているところでしたが、どちらも太って赤ら顔をし、薬品の匂いをぷんぷんさせながら、いかにも満ち足りて、もったいぶった様子をしていました。

私は椅子をすすめられ、キルシュ（サクランボのブランデー）をご馳走になりました。私は、感動に声を震わせながら話を始めました。話を聞いて、夫婦は泣きだすにちがいないと思っていたのです。

シューケは、あの椅子直しの女、浮浪者も同然の宿なしから愛されていたことがわかると、腹をたててとびあがらんばかりの剣幕でした。あの女のおかげで、自分の評判、世間から受ける尊敬、個人的名誉など、要するに命より大切な何か微妙なものを台無しにされたと言わんばかりの様子でした。

女房のほうも亭主におとらず腹を立て、「あの乞食女が……あの乞食女が……」とくり返すばかりで、ほかに言うべき言葉をもたないのでした。

亭主は立ち上がっていました。そして布帽子がずり落ちそうになるのもかまわず、大股で食卓のむこう側を歩きまわっていました。シューケはこうつぶやいていました。

「妙な話じゃありませんか、先生。男性にとってこんな迷惑なことがありますかね。どうしたらいいんでしょう。あの女が生きている間にこれがわかっていれば、警察につき出して投獄させたところです。そうすれば間違いなく一生牢屋から出られなかったことでしょう」

私の行動は、故人への敬虔な気持から出たものでしたが、それが思わぬ結果を生んだので、唖然《あぜん》とするほかはありませんでした。なんと言ったらよいものか、どうしたらよいやら、私にはわかりませんでした。が、役目を果たすのは私の義務でした。で、私はこう言葉を続けました。「あの人から、貯金したお金をあなたに渡すように言われているのです。貯金の額は二千三百フランです。しかし、私のした話はどうもあなたにとってはご不快のようですから、このお金は貧しい人たちに恵んでやるのが最良の方法かもしれませんね」

夫婦は、驚きのあまり呆然として私の顔を見つめました。

私はポケットからお金をとりだしました。あらゆる国のあらゆる極印のいりまじった、金貨もあれば銅貨もあるみじめなお金でした。

「どうなさいますか」と、私は訊《たず》ねました。

シューケ夫人のほうが先に口を開きました。

「でも、それがあの女の遺言なら……お断りしにくいですわね」

亭主のほうは、ちょっとばつの悪そうな様子で、「それでまあ、子供たちに何か買ってやれるというものではあるがね」と申しました。

私は、「どうぞご随意に」とそっけなく答えました。亭主がまた申しました。「お金は置いていって下さい。そうするようにとあなたは依頼されたわけですからね。慈善事業に使うなりなんなり、それはこちらで考えます」

私はお金を渡すと、一礼して外に出ました。

翌日、シューケは私に会いに来ると、いきなりこう言いました。「あの女は、馬車を残したんじゃありませんか。馬車はどうしましたかね」

「どうもしませんよ。よろしかったら持ってって下さい」

「そりゃ大助かりです。野菜畑の小屋がわりにしますんでね」

シューケが帰って行きかけたのを、私が呼び止めました。「ばあさんは、老いぼれの馬を一頭、それに犬も二匹残しましたが、ご入り用ですかな」シューケはびっくりして立ち止まると「そりゃ要りませんな。貰ったってしょうがないでしょ。好きなようにして下さい」と言って笑いだし、手をさし出したので、私たちは握手をかわしました。だって仕方がないじゃありませんか。同じ土地にいて、医者と薬屋が喧嘩するわけにもいきませんからね。

犬は私が飼うことにしました。司祭様のところは庭が広かったので、馬は司祭様がひきとりました。シューケは馬車を小屋にし、例のお金で鉄道の債券を五枚購入しました。以上が、私の知る唯一の深い恋愛の例なのです。

＊

医者は口をつぐんだ。

すると、目に涙をためて聞き入っていた侯爵夫人が、溜め息まじりに「本当の恋ができるのは、やはり女だけですわね」と言った。

(*La Rempailleuse*)

田園秘話

オクターヴ・ミルボー*に捧ぐ

小さな温泉町に近い丘のふもとに、藁《わら》屋根の農家が二軒並んでたっていた。二人の農夫は、自分たちの子供を育てるため、痩せた土地を耕して、あくせく働いていた。どちらの家にも子供が四人いた。子供たちは、隣り合っている門口で、朝から晩まで這《は》いずりまわっていた。どちらも一番上の子が六歳、下の子が生後十五カ月ばかり。この二軒の家では、結婚も、子供の誕生もほとんど同時なのだった。

子供たちが一緒になっていると、母親ですらかろうじ

＊　フランスの作家。一八四八—一九一七年。

て自分の子を見分けうる程度で、父親にいたってはまるっきり混同してしまった。八つの名前が父親の頭のなかで踊りまわり、いつもごちゃまぜになっていた。誰か一人を呼ぼうとすると、正しい名前を口にする前に、三つもの名を呼ぶなどはざらだった。

ロルポールの温泉場から見て手前のほうの農家には、チュヴァッシュ一家が住んでいた。娘が三人で男の子が一人だった。もう片方の農家にはヴァラン一家が住み、こっちは、娘一人に男の子が三人だった。

この連中はみな、スープを飲み、ジャガイモを食べ、空気を吸ってやっと生きていた。朝の七時とお昼と、晩の六時には、飼育係がガチョウを呼び集めるように、母親が子供たちを呼び寄せ、食べものを与えた。子供たちは、五十年も使いこんだせいで、てかてかに光っている木のテーブルに、年の順に座らされた。末の赤ん坊は、口がやっとテーブルにとどくぐらいだった。子供たちの前には、スープ皿が置かれた。ジャガイモがいくつか、キャベツを半分に切ったもの、それにタマネギが三つ、こういうものをぜんぶ一緒に煮込んだスープのなかに、パンが浸してあった。並んだ子供たちは、お腹がいっぱいになるまで食べた。赤ん坊には母親が食べさせてやった。日曜日には、スープに少し牛肉が入るので、それがみんなにとってなによりのご馳走だった。父親は、日曜日にはいつもより長く食卓に残り、「毎日がこうでもおれは文句は言わねえ」などとくり返して言った。

八月のある日の午後、二軒の農家の前に、一台の軽快な馬車が不意にとまった。みずから手綱《たづな》をとっていた若い女性が、かたわらの紳士にこう言った。

「アンリ、あの子たちをご覧なさいな。泥だらけになっているけれど、なんて可愛いんでしょう」

男は何も答えなかった。こういう感嘆の言葉には慣れっこになっていたからだし、そこには悲しみの気持とともに、自分にたいする非難めいた感情さえこめられていたからだった。

若妻がまた言った。

「あの子たちにキスしてこなくては。わたしも一人欲しいわねえ。ほら、あの一番ちっちゃいのくらいのが」

こう言うと、女は馬車からとび降り、子供たちのところに走って行った。そして、末っ子のうちの一人、チュヴァッシュ家のほうの子を抱き上げると、汚い頬や、泥のついた縮れ毛の金髪や、うるさい愛撫からのがれたくてばたばたさせている小さな手に、夢中になってキスした。

それから女は、ふたたび馬車に乗ると、全速力で走り去った。けれどもつぎの週になると、またやって来て、自分も地べたに座り、例のちびを抱きかかえると、菓子を食べさせ、ほかの子供たちにはボンボンをやった。そして自分も子供にかえったように一緒に遊ぶのであった。いっぽう亭主のほうは、華奢《きやしや》な作りの馬車のなかで辛抱づよく待っていた。

女はまたやって来た。親たちとも知り合いになり、ポケットにお菓子だの小銭だのをいっぱいつめて毎日やって来た。

女の名は、アンリ・デュビエール夫人といった。

ある日の朝、夫人は到着すると、夫とともに馬車から下りてきた。そして、今ではすっかり顔馴染みになっている子供たちにはかまわず、農家のなかに入って行った。

百姓夫婦は、スープを煮るために薪割《まきわ》りをしているところだったが、驚いて立ち上がり、椅子をすすめると相手の言葉を待った。すると若妻は、とぎれがちな震え声でこう切り出した。

「今日お訪ねしましたのは……ほかでもありませんが……お宅の坊やを……坊やをい

ただくわけにはまいらないかと……そう思いまして……」

百姓夫婦はあっけにとられ、どう考えていいかわからず、黙っていた。

夫人は、一息つくとまた語りはじめた。

「わたしたちには子供がおりませんの。夫とわたしの二人きりの生活ですわ……ですから坊やをいただきたいと思ったのです。いかがでしょうか」

かみさんのほうが、やっと少し相手の気持がわかりかけてきた。かみさんは言った。

「うちのシャルロをくれと言われるのかね。とんでもねえことだ」

すると、デュビエール氏が口をはさんだ。

「どうも説明不足だったようですな。坊やを養子にむかえたいと思ってはいますが、あの子がご両親に会いに来るのはかまいません。たぶんそうなると思いますが、万事うまくいけば、坊やは私たちの相続人になります。ひょっとして、私たちに子供ができた場合でも、財産をほかの子供たちと平等に分けあうことになるのです。しかし、万が一、坊やが私たちの期待にそわぬ場合には、成人に達したとき、坊やに二万フランのお金をさしあげましょう。この二万フランは、ただちに坊やの名義で公証人のところに預けることになります。さらに、私たちはあなたがたのことも考えましてね。あなたがたには、月々百フランのお金を終生さしあげることにしましょう。おわかりいただけましたでしょうか」

農家のかみさんは、かんかんになって立ち上がった。

「シャルロを、おまえさんがたに売れと言われるのか。とんでもねえことだ。よくもそんなことを生みの親に言えたもんだ。とんでもねえ。ひでえ話とはこのことだ」

亭主のほうは何も言わず、真面目《まじめ》くさった顔で黙りこんでいた。しかし、何度もうなずき、女房の言葉に賛成するふうであった。

デュビエール夫人は、どぎまぎして泣きだし、夫のほうに顔を向けた。そして、ふだんから望みごとはなんでもかなえてもらう癖がついている子供のような声で、しゃくりあげながらこうつぶやいた。

「断られてしまったわ。ねえ、アンリ、断られてしまったのよ」

それから、夫婦は最後にもう一度頼んでみた。

「お子さんの将来や、お子さんの幸せを考えてみて下さい」

農家のかみさんは、すっかり腹をたてて相手の言葉をさえぎった。

「何もかもわかった上、考えた上で、お断りしているんだ。帰っておくれ。二度とここには来てもらいたくないね。子供を連れて行こうなんて、とんでもねえ話だ」

すると、帰りがけにデュビエール夫人は、小さな子が二人いたことを思い出した。そして、わがままで甘やかされた女、我慢というものを知らない女に特有のしつこさを発揮して、泣き声で訊《たず》ねた。

「もう一人の坊やは、おたくの坊やじゃありませんでしたわね」

チュヴァッシュのおやじが答えて言った。

「そうだよ。あれは、隣の家の子だ。なんなら、行って訊《き》いてみるがいいや」

そう言うと、おやじは自分の家に入ってしまった。家のなかからは、おかみさんの怒った声が聞こえてきた。

ヴァラン夫婦は、食卓につき、パン切れをゆっくりと食べているところだった。夫婦は二人のあいだに置かれた皿から、わずかばかりのバターをナイフの先につけてとり、けちけちとパンに塗って食べているところだったのだ。

デュビエール氏は、例の申し込みをまた始めたが、今度は、言葉づかいに気をつけ、遠回しな、抜け目のない言い方をした。

百姓夫婦は、いやだというしるしに、首を横に振っていた。しかし、毎月百フラン貰えると聞くと、気持が動いたらしく、夫婦は顔を見合わせ、目顔《めがお》で相談しあった。夫婦は悩み、ためらい、長いこと押し黙っていた。しまいに女房が訊ねた。

「どうしようかね、おまえさん」

亭主は、もったいぶった口調で言った。

「まんざら悪い話じゃあるめえ」

すると、心配でたまらなかったデュビエール夫人は、子供の将来だの、幸福だの、子供が先ざき百姓夫婦にもたらすはずのお金だのについて語った。

おやじが訊ねた。

「その年額千二百フランとかいうお金だがね。公証人のところで約束してもらえるのかね」

デュビエール氏が答えて言った。

「もちろんですとも。明日でもいいですよ」

考えこんでいたかみさんが口を開いた。

「坊やを手放すからには、月々百フランじゃちょっと足りないね。この子だって五、六年もすりゃ働くよ。月に百二十フランは欲しいやね」

デュビエール夫人は、いらいらして足を踏み鳴らし、すぐに同意した。夫人は、子供を連れて行きたくてたまらなかったので、夫が証書を作っているあいだに、百フランをプレゼントとして渡した。村長と、近所の男がすぐに呼ばれてきて立会人になった。若妻は、大喜びで、まるで欲しくてたまらなかった骨董品を店から持ち帰るように、泣き叫ぶ子供を連れ去った。

チュヴァッシュの夫婦は、もしかしたら断ったのをくやんでいるのか、むずかしい顔をしたまま黙りこくって、戸口に立ち、子供が連れ去られていくのを見送っていた。

ジャン・ヴァラン坊やのその後の消息は一向に聞こえてこなかった。両親は、毎月公証人のところに行っては、百二十フラン貰ってきた。彼らは、隣の夫婦と仲たがいしてしまった。というのは、チュヴァッシュのおかみさんが、人でなしだと言って二人をののしり、子供を売るなんて親のやることじゃない、恐ろしいことだ、いやらしいことだ、恥ずかしいことだ、と言ってほうぼうにふれてまわったからである。

時によると、おかみさんは、息子のシャルロをこれ見よがしに抱き上げ、子供にわかるとでも思っているのか、こう大声で言うのであった。

「坊や、お母ちゃんはおまえを売らなかったんだからね。お母ちゃんは自分の子を売るような人間じゃないんだよ。おらあ金持じゃねえが、自分の子を売るような真似はしたくないんだよ」

何年も何年ものあいだ、毎日こういう言葉がくり返された。毎日のように、下品なあてこすりの言葉が、わざと隣家に聞こえるように戸口のところでがなりたてられた。しまいにチュヴァッシュのおかみさんは、シャルロを売らなかったというそれだけの理由で、この土地では自分が一番偉い女のような気になっていた。おかみさんの噂をするときなど、人々は言った。

「とびつきたいような話だったろうな。それなのに、おかみさんは母親として立派にふるまったのだ」

おかみさんはよく引きあいに出された。シャルロは、十八歳になったが、ひっきりなしにこの話を聞かされて育ったので、自分が売られなかったというだけのことで、仲間のものたちより自分のほうが偉い人間だと思っていた。

ヴァラン一家は、月々お金が入ってくるせいで安楽に暮らしていた。一方、チュヴァッシュ一家は、相変らず極貧のままだったから、この一家のどうしようもない腹立ちというものも、そこに原因があったのだ。

チュヴァッシュ家の長男は兵役にとられ、次男は死亡（この一家では、男の子は一人だったはずだから作者の思い違いかもしれない）した。だから、母親と二人の妹を養うため、シャルロは、老父と一緒に骨折って働かねばならなかった。

シャルロは二十一歳になった。ある日のこと、二軒の農家の前できらびやかな馬車がとまった。一人の若い紳士が、時計の金鎖をぶらさげ、白髪の老婦人を手で支えながら、馬車から下りてきた。老婦人は、紳士に言った。

「あちらの二軒めのお家《うち》ですよ」

紳士は、まるでわが家にでも入るかのように、ヴァラン一家のあばら屋に入って行った。

老いた母親はエプロンを洗っているところだった。病身の父親は、暖炉のそばでうつらうつらしていた。二人が顔を上げたとき、青年紳士が言った。

「お父さん、今日は。お母さん、今日は」

二人はびっくりして立ち上がった。おかみさんは、驚きのあまり石鹸《せっけん》を水のなかに落としてつぶやいた。

「おまえだったのかい。坊や、おまえだったのかい」

息子は、母親を抱きしめ、「お母さん、今日は」とくり返しながら接吻した。いっぽう老いた父親のほうは、体を震わせながらも、いつもの通りの静かな口調で「ジャン、帰って来たんだね」と言った。まるでほんのひと月ほど前に別れたばかりというふうに。

こうして親子の対面がすむと、両親はすぐさま息子を外に連れ出して、土地の者に息子の姿を見せようとした。息子は、村長や、助役や、司祭様や、小学校の先生のところに連れて行かれた。

シャルロは、農家の入口に立って、彼が通って行くのを眺めていた。

日が暮れて、夕食になったとき、シャルロは、老いた両親に言った。

「養子の口をヴァラン一家にとられちまうなんて、へまなことをしたもんだぜ」

母親は頑固な口調で答えた。

「おらは子を売るなんてことしたくなかった」

父親は何も言わなかった。

息子がまた言葉を続けた。

「おれは、不幸にも、親の身勝手さの犠牲になったのだ」

するとチュヴァッシュのおやじが、むっとした口調で言った。

「おまえを売らなかったことで、おれたちを責めようってのか」

すると息子は、乱暴な口調で言った。

「ああ、そうとも。責めるともさ。二人とも馬鹿だぜ。こういう親がいるから子供は不幸になるんだ。おれはもうこんな家からは、出て行くからな」

おかみさんは泣きだし、皿のなかにぽたぽたと涙をこぼした。スープをスプーンですくって飲みながら泣きわめいたので、スープの半分がたはこぼれてしまった。

「子供を育てるのに、あんなにつらい思いをしたのに」

すると若者は、声を荒らげて言った。

「今のおれみたいな人間になるくらいなら、生まれてこなかったほうがましだぜ。さっきあいつの姿を見たとき、おれははらわたの煮えくり返るような思いをした。おれだってあんなふうになれたのに、と思ったからだ」

息子は立ち上がった。

「おれはここにいないほうがいいって気がするんだ。朝から晩まで、おれは父さんと母さんを責めて、生活をめちゃくちゃにしちまいそうだ。おれはどうしたって許せそうにないからな」

老夫婦はうちのめされ、黙りこくって涙を流していた。

息子がまた言った。

「あいつのことを考えるとまったくたまらないな。どこかよその土地へ行って、おれなりの生活を考えたほうがよさそうだ」

息子は扉を開けた。人声が聞こえてきた。ヴァラン家の連中が、帰ってきた子供を囲んではしゃいでいるのだった。

すると、シャルロは、くやしさに地団駄を踏み、両親のほうに向かって叫んだ。

「土百姓め、勝手にしやがれ」

こう言うと、息子は暗闇のなかに姿を消した。

(*Aux Champs*)

メヌエット

ポール・ブールジェ*に捧ぐ

ぼくは大がかりな不幸を目にしても、たいして悲しいという気がしないね、と言ったのは、しごく冷静な男で通っている独身者の老人、ジャン・ブリデルである。ぼくは、戦争を目の当たりにし、死体をまたいで通ったこともあるが、気の毒という気持すら起こらなかったよ。たしかに自然や人間が見せつける激しい暴力は、ぼくらに恐怖や怒りの叫びをあげさせる。しかし、胸が締めつけられるよ

＊　フランスの作家。一八五二―一九三五年。

うな思いをさせ、ぞっとするほどの戦慄を背筋に走らせるのは、些細《ささい》な事柄ではあるが、じつに痛ましい小さな出来事を目にしたときだね。

およそ人間が感じ得るもっとも大きな悲しみは、子を失った母親の悲しみだろうね。また人の子にとっての母親の死だろうな。これは激しく、つらい悲しみだ。気持を動転させ、胸を引き裂く悲しみだ。しかし、血のしたたる大きな傷だってやがて癒《い》えるように、こういう不幸からもいつかは立ち直るものだ。ところが、ある種の出会い、ふと垣間見ただけでそれと察しられた事柄、ひそやかな悲しみ、ある種の運命のいたずら、といったようなものは、ぼくらの胸のうちにつらい思いを果てしもなくかきたて、心の痛みというものの神秘の扉を不意にぼくらの眼前に開けてみせるのだ。こうした心の痛みというものは、複雑で、癒やしがたいものだ。なんでもないように見えるだけにかえって奥深く、とらえがたいようなものだけにかえってつらく、うわべだけのもののように見えるだけにかえっていつまでも後に残るものなんだよ。こういう心の痛みは、魂のなかに悲哀の痕跡のようなもの、苦い後味、幻滅の思いを残し、いつまでも忘れられないものなんだな。

ぼくには、いつまでたっても忘れられず、つい眼前に思い浮かべてしまうような情景が二つ三つあってね。ほかの人にとってはなんでもないものかもしれないが、ぼくにとっては、胸のなかに細長い針をつと差し込まれて、その傷跡がいつまでもうずくような気にさせられる情景なんだよ。

　こういう束の間の印象が、どれほどの感動をひきおこすものか、きみたちにはわからんかもしれないなあ。一つだけお話ししよう。だいぶ昔のことなんだが、まるで昨日のことのように覚えているんだ。もしかしたら、感動のもとになったものは、もっぱらぼくの空想にすぎんのかもしれないが。

　ぼくは今では五十歳になるが、その頃は若くて、法律を勉強していたのさ。悲観的な哲学が身にしみていたせいで、やや陰気で、夢想癖があり、うるさい喫茶店だの、騒々しい級友だの、頭の悪い娼婦だのが嫌いだった。ぼくは早起きだった。ぼくの最大の楽しみは、朝の八時頃、リュクサンブール公園（パリの学生街にある）のなかの苗床（苗を育てる場所）を一人で散歩することだった。

　きみたちは、この苗床を知らんだろ？　そりゃまるで前世紀の遺物みたいな庭園でね。年取った女のやさしい微笑のようにきれいな庭だった。狭い通路が、うっそうと茂った生け垣のあいだを整然と通っていた。きれいに刈り込まれた樹木が左右に並ぶなかを、静かに続いていく小道だった。庭師の大きなはさみが、木の枝の壁を絶えずまっすぐにそろえていた。ところどころに、花壇だの、散歩中の中学生のようにきちんと並んだ苗木の列だのがあったな。かと思うとすばらしいバラの木が群れをなし、果樹が兵隊のように並んでいたりした。

植え込みの一角には、蜜蜂の巣があった。適当な間隔をあけて板の上に上手にならべられ、麦藁でできた蜜蜂の巣は、指抜きのような入口を、太陽に向けて大きく開いていた。小道を歩くと、金色の蜜蜂がぶんぶん音をたてながら飛び回っているのによく出っくわしたものだ。彼ら蜜蜂こそ、この平和な場所の本当の主人だったし、廊下のようにつづいている静かな小道の真の散歩者だったのだね。

ぼくはほとんど毎朝そこに行った。ベンチに腰掛けては、本を読むのが習わしになっていた。時によると、本が膝の上に落ちたのにも気づかず、もの思いにふけったり、生き生きと活動しているパリの物音に耳を傾けたりして、この古風な茂みの限りない安らぎを楽しんだものだよ。

ところが、この場所に、公園の門が開くやいなや、やって来るのはぼくだけでないことに、やがてぼくは気づいた。時によると、茂みの角などで、奇妙ななりをした小柄な老人にぱったり出っくわしたからだ。

老人は、銀の止め金のついた靴をはき、前だれのついた半ズボン（十八世紀風の服装）を身につけていた。タバコのような色をしたコートを羽織り、ネクタイがわりにレースを首にまきつけ、帽子はといえば、つばが広くて生地の毛足が長い、大昔を思い起こさせる珍妙な代物だった。

老人はたいそう痩せていて、体つきは角張り、顔はしかめっ面《つら》で、そのくせ微笑《ほほえ》みを浮かべていた。まばたきが絶えない瞼《まぶた》の下では、生き生きとした目が、活発に動いていた。金の握りのついたすばらしいステッキを手にしていたが、それはきっと老人にとって、何かはなやかな思い出にまつわるものにちがいなかった。

この老人を見て、はじめぼくは驚いたが、やがてひどく興味をそそられるようになった。ぼくは、生け垣の木の葉ごしに老人の様子をうかがい、遠くから跡をつけ、気づかれぬために植え込みの角で立ち止まったりした。

ところがある朝のこと、老人は自分一人だと思ったらしく、奇妙な仕草を始めたのだよ。まず二、三度わずかに飛び上がって、それからお辞儀をした。つぎには、痩せ細った脚で、まだまだ敏捷にアントルシャ（空中で脚をくり返し交差させるバレエの動作）をやって見せ、優雅に旋回し、飛びはね、おかしなふうにこまかく体を動かし、まるで観衆を前にしているかのようににっこりと笑い、気取ってしなをつくり、両腕をひろげ、あやつり人形のような貧弱な体をねじ曲げ、しみじみした思いにさせられはするもののやはり滑稽な挨拶を虚空に向かって軽やかに投げかけた。老人は踊っていたのだ。

ぼくは、驚きのあまり呆然とし、頭がおかしいのは、彼のほうかしらん、それともこっちのほうかしらん、と自問自答する始末だった。

しかし、老人は不意に踊りやめると、舞台の上の俳優のように前に進み出、つぎにはあとずさりしながら、お辞儀をした。と同時に、にこやかな笑みを浮かべながら、刈り込まれた二列の生け垣に向かって、震える手で、女優のように何度も投げキッスを送った。

それからまた老人は、真面目《まじめ》くさった顔で散歩を続けた。

その日からというもの、ぼくはもう老人から目が離せなくなった。毎朝、老人は例の奇妙な仕草をくり返した。

どうしても彼に話しかけたくてたまらなくなったぼくは、老人に向かって会釈してか

ら、思い切って、

「今日はじつにいい陽気ですね」と言ってみた。

老人はお辞儀をした。

「さよう。まことに昔のような天気ですな」

一週間後、ぼくは老人とすっかり仲良しになり、彼の身の上を知るにいたった。彼はルイ十五世の頃、オペラ座のバレエの総監督をしていた人だった。例の見事なステッキは、クレルモン伯爵からの贈り物だった。バレエの話をし始めると、老人のおしゃべりはもうとどまるところを知らなかった。

ところがある日のこと、彼はぼくに打ち明けて言った。

「私は、ラ・カストリ（この名のバレリーナは実在しないようである）と結婚しましてね。よろしかったら紹介しますよ。しかしあれは午後にならないとここに来ませんがね。この庭は、私らにとっては楽しみのもとであり、人生そのものですな。昔のもので残っているところといえばこだけですから。この庭がなくなれば、生きてはいけないような気さえしますよ。この庭は、古くて上品でしょう。そう思いませんか。ここへ来ると、私の若い頃から少しも変わっていない空気が吸えるような気がしますな。家内と私は、毎日、午後はここで過ごすのです。しかし、私は早起きなものですから、朝からもう来ているというわけです」

ぼくは、昼食を終えると、すぐにリュクサンブール公園にとって返した。まもなく、ぼくは、老人が、黒い服を着た小柄な老婦人に腕をかし、儀式ばった様子で歩いて来るのに出会った。その老婦人にぼくは紹介された。それがラ・カストリだった。大貴族たちに愛され、国王に愛され、この世に恋の香りを残して過ぎ去った、あのみやびな時代のすべての人々に愛された舞姫だったのだ。

ぼくらは石のベンチに腰をおろした。頃は五月、掃き清められた小道に、花の香りが漂っていた。暖かい日ざしが、木の葉の隙間からさし込み、ぼくらの上に大きな光の滴《しずく》を注いでいた。ラ・カストリの黒いドレスが、光に濡れそぼっているように見えたっけ。庭には、誰も人がいなかった。遠くでは辻馬車の走る音が聞こえていた。

「メヌエットとはどういう踊りだったか説明して下さいませんか」と、ぼくは老舞踊家に頼んだ。

「メヌエットは、舞踊のなかの女王です。また女王たちの舞踊でもあります。王様というものがいなくなってから、メヌエットも消えました」

それから、彼は、大げさな言葉づかいで、長々とメヌエット礼賛の言葉をつらねたが、ぼくにはさっぱり意味が理解できなかった。ぼくは、足の運びや体の動き、仕草を説明してもらった。しかし、老人は、自分でも訳がわからなくなり、いらだち、悲しんで自分の無力に腹をたてる始末だった。

すると、彼は、真面目な顔をして黙って座っている老妻のほうに、とつぜん顔を向けると、こう言ったのだ。

「ねえ、エリーズ、きみがいやでなかったら、メヌエットとはどんなものか、この方にお見せしようじゃないか」

彼女は、気づかわしげな様子であたりを見回すと、黙って腰を上げ、夫の前に立った。

それからぼくは、とうてい忘れ得ないものを目にしたのだ。

二人は子供っぽい気取った仕草とともに、行ったり来たりし、たがいに微笑みあい、体をゆすり、お辞儀をし、とびはねた。その様子はまるで古い人形のようだった。その昔、非常な名工の手で当時の仕様に従って作られたが、今ではすこしがたが来ている古い機械の働きで、二つの人形が踊らされているように見えた。

ぼくは異様な感動に胸ゆすぶられ、得も言われない哀愁の念に動かされて、二人の姿を見つめていた。悲しくもおかしい亡霊、流行遅れとなった前世紀が、幽霊になって出てきたのを見る思いがしたのだ。ぼくは笑いがこみ上げてくるのを覚え、同時にたまらなく泣きだしたくなっていた。

不意に二人は動きを止めた。舞踊の型を踊り終えたのだ。しばらくのあいだ、二人は妙に顔をひきつらせたまま立っていたが、やがて、抱き合ってさめざめと泣いた。

三日後、ぼくは田舎に向けて発《た》った。その後、二人には二度と会っていない。二年ほどして、パリに戻ってみると、苗床は壊されていた。昔懐かしいあの庭の迷路のような道、過去の匂い、うねうねと続く美しい生け垣、そういうものがなくなった今、二人はどうしているのだろうか。

二人は死んでしまったのだろうか。希望のない亡命者のように、二人は、現代の街路をさまよっているのだろうか。墓地の糸杉のあいだや、墓石《はかいし》の並ぶ小道の上を、滑稽な幽霊となり、月の明りに照らされて、二人はまぼろしめいたメヌエットを踊り続けているのだろうか。

二人の思い出が、ぼくにつきまとい、ぼくを悩ませ、苦しめるのだ。まるで古傷の痕のように消えないのだ。なぜだろうね。ぼくにはわからない。

こんな話は、きみたちには滑稽に聞こえるかもしれないなあ。

（*Menuet*）

二人の友

パリは包囲され、飢え、喘《あえ》いでいた（一八七一年一月、普仏戦争のさなか、パリはプロシャ軍により包囲されていた）。屋根の上のスズメもめっきり減り、下水にはネズミがいなくなった。人々は食べられるものならなんでも食べた。

一月のある晴れた朝のこと、もともとは時計屋ながら、時節がら商売はあがったりとなったモリソさんは、制服（一般市民を動員した国民軍の制服のこと）の半ズボンのポケットに両手をつっこみ、空きっ腹をかかえて、環状道路（パリ市を環状にかこむ道路）をしょんぼりと歩いていた。と、向こうから同じ国民軍の隊員が歩いて来るのを見て、はたと足をとめた。相手が知り合いとわかったからである。それは、川辺で知り合ったソヴァージュさんだった。

戦争が始まる前、モリソは、日曜日になると、片手に竹の釣り竿、背中にはブリキの箱をしょって、明け方から出かけたものだった。アルジャントゥーユ行きの汽車に乗り、コロンブで降りると、歩いてマラント島（コロンブに近いセーヌ川の島）に行くのが習わしだった。夢にまで見るこの場所に着くや否や、モリソは釣り始め、日が暮れるまで釣りをやめなかった。

日曜日ごとに、モリソはそこでふとっていて陽気な小男、ソヴァージュさんに出会った。ノートル＝ダム＝ド＝ロレット通りで小間物屋をいとなむ人で、これまた非常な釣り好きだった。二人は、並んで釣り糸をたれ、流れの上で足をぶらぶらさせながら、しばしば半日をともに過ごしたものだ。こうして二人は親しくなった。

日によっては黙っていることもあり、時には語りあうこともあった。しかし、趣味も同じなら感じることも似ていたので、何も言わなくても心はちゃんと通じあっていた。

春の朝の十時頃、若やいだ太陽が、静かな川面《かわも》に、水とともに流れるあの薄い靄《もや》を漂わせ、二人の釣り好きの背に、新しい季節の心地よい暖かさをふり注ぐようなとき、モリソは時おり、隣に座っているソヴァージュさんに向かって、「いやあ、いい気分ですなあ」などと言ったものだ。するとソヴァージュさんのほうでも、「なにしろこれが一番ですね」と応じた。たがいに理解しあい、尊敬しあうにはこれで十分だった。

秋の暮れがた、夕日に映える大空が、水面に真紅の雲のいろいろな形をうつしだし、川全体を赤く染め上げ、地平線を燃え上がらせ、二人の友を火のような赤い姿にしてしまうことがあった。すでに木の葉は赤茶けた色になり、木々は冬風におののきつつ金色に光るのであった。そういうとき、ソヴァージュさんは、笑いながらモリソの顔を見やり、「すばらしい景色ですなあ」などと言った。すると、モリソも感嘆しつつ、浮子《うき》から目を離さないまま「町なかよりよっぽどましですね」と答えたものだった。

二人は、それぞれ相手が誰かわかると、しっかりと手を握りあった。様変りした状況のなかで再会できたのがひどく嬉しかったのだ。ソヴァージュさんは、溜め息をつきながら、「とんだ世の中になりましたね」と、つぶやき、モリソは、さえない顔つきで、「おまけにこのひどい天気ですよ。今年になって晴れたのは今日が最初ですからな」と呻《うめ》くように言った。

なるほど空は青く晴れ渡り、光に満ちあふれていた。

二人は、わびしい物思いにふけりながら、並んで歩き出した。モリソが、「どうです、釣りのほうは？　あの頃が懐かしいですなあ」と言った。

「いつになったら川に戻れるんでしょうねえ」と言ったのは、ソヴァージュさんである。

二人は、小さなカフェに入り、アブサンを一杯飲んだ。それからまた歩道を歩き始めた。モリソが急に立ち止まって「もう一杯アブサンをやりますか」と言うと、ソヴァージュさんが「結構ですな」と応じた。そこで二人は、別の酒場に入って行った。

空きっ腹にアルコールをいっぱい注《つ》ぎこんだせいで、出てきたとき、二人はすっかり酔っぱらっていた。穏やかな日和だった。そよ風がなでるように二人の顔をくすぐっていった。

ソヴァージュさんは、なま暖かい風も手伝って、すっかり酔ってしまい、ふと立ち止まると、

「行きますか」と言った。

「どこへです？」

「むろん釣りにですよ」

「どこで釣るんです？」

「むろん例の島ですよ。フランス軍の前哨部隊は、コロンブのそばにいます。私は、

デュムラン大佐を知っていますから、わけなく通してくれますよ」

モリソは、たまらなくなって、身震いした。「よしきた。行きましょうや」二人は、道具を取りに帰るため、いったん別れた。

一時間後、二人は、街道を並んで歩いていた。やがて大佐の宿舎になっている別荘にたどりついた。大佐は二人の話を聞いて微笑し、彼らの気紛れな頼みに応じてくれた。二人は通行証をもってまた歩きだした。

まもなく、二人は前哨線を通り越し、人気《ひとけ》のないコロンブの町を横切り、セーヌ河畔へと下る小さなブドウ畑のほとりに着いた。かれこれ十一時になっていた。

正面に見えるアルジャントゥーユの村は死んだように静まりかえっていた。オルジュモンとサノワの丘がそびえるように立っている。ナンテールまで続く大平野には、葉の落ちた桜の木と灰色の大地のほかには、何ひとつ、まったく何ひとつとして目に入るものがなかった。

ソヴァージュさんは、丘の頂を指さすと、「プロシャ兵はあの辺にいるんですな」とつぶやいた。すると、この人気のない土地を前にして、二人の友は、不安で身もすくむ思いにとらえられた。

「プロシャ兵か！」二人はプロシャ兵というものをまだ見たことがなかった。しかし、フランスを破壊し、略奪し、虐殺し、飢えに苦しませ、目には見えないながら強大な力を発揮する彼らプロシャ兵たちの気配が、ここ何カ月か前から、パリの周辺にひしひしと感じられていたのだった。そしてこの未知の戦勝国民にたいする憎しみには、一種の迷信じみた恐怖がまじっていた。

モリソが、「やつらに出っくわしたら困りますな」と口ごもるように言った。

「小魚のフライでも進呈しましょうや」と、ソヴァージュさんが、こんなときでもパリっ子らしい茶目っ気を忘れないで答えた。

しかし、地平線にみなぎる静寂に恐れをなして、二人は野原に足を踏み出しかねていた。

しまいにソヴァージュさんが、思い切って「さあ、前進！　だが用心が肝心ですぞ」と言った。二人は、灌木の茂みの陰に身を隠しつつ、腰をまげ、這《は》うようにしながら、きょろきょろあたりを見回し、耳をそばだてつつ、ブドウ畑を下って行った。

川岸のところまで行くには、木も何も生えていない帯状の土地を横切らなくてはならなかった。彼らは駆け出し、岸まで来ると、枯れたアシの茂みのなかに身をひそめた。

モリソは、近くに歩いているものはいないかどうか聞き分けるため、片頰を地面にあてた。何も聞こえなかった。たしかにそこにいるのは二人だけなのであった。

二人はほっと胸をなでおろし、釣り始めた。

眼前には無人のマラント島があって、二人の姿は向こう岸からは見えないはずだった。島にある小さなレストランは、閉め切ったままで、もう何年も前から空き家になっているように見えた。

ソヴァージュさんが一匹目の川ハゼを釣ると、モリソが二匹目を釣った。二人はひっきりなしに竿を上げ、糸の先には、ぴちぴちと跳ねる銀色の小魚がついていた。まったく嘘のような大漁だった。

魚は、足もとの水に浸《つ》けてある目のこまかい網の魚籠《びく》にそっと入れられた。二人は、得も言われぬ喜びにひたっていた。それは長いこと奪われていたお気に入りの楽しみを、久しぶりに味わう喜びだった。

心地よい日ざしが両肩をぬくもりで包んでくれていた。二人はもう何も聞かず、何も考えなかった。世間の一切を忘れ、ひたすら釣っていた。

しかし、突然、地下から響いてでもくるような鈍い音が大地をゆるがした。大砲が火を噴き始めたのだ。

モリソはうしろを振り返った。左のほうの土手ごしに、ヴァレリヤン山（標高一六一メートル。頂上に要塞があった）の大きな輪郭が見え、頂上の前面には、吐き出したばかりの砲煙が、白い羽根飾りのように漂っていた。

と、たちまち二発目の砲煙が要塞の頂上から上がった。またしばらくすると、つぎの砲声がとどろいた。

それからは、つぎつぎに砲声がとどろき、山は死の息を吐き出し、乳色の蒸気を噴き上げた。その蒸気は穏やかな空にゆっくりと立ちのぼり、山の上に雲となってとどまるのであった。

ソヴァージュさんが肩をすくめて、「始めやがったな」と言った。

モリソは、浮子《うき》の羽根が、つぎからつぎへと沈むのを夢中で見つめていたが、急に腹がたってきた。それは、こうして戦いをやめない気が狂ったような連中にたいする平和愛好家の怒りであった。「こんなふうに殺しあうなんて、馬鹿ですな」と、モリソがつぶやいた。

ソヴァージュさんが、「動物以下ですよ」と応じた。

モリソは、ヤマベを釣り上げたところだったが、「政府ってものがある限り、これは変わらんでしょう」と言った。

ソヴァージュさんが相手の言葉をさえぎって、「でも共和国だったら宣戦布告なんてしなかったでしょうよ」（プロシャに宣戦したのは皇帝ナポレオン三世）と言った。

モリソが相手の言葉をさえぎった。「王様がいれば外国と戦争だし、共和国だと内戦でさあね」

こうして二人は議論し始めた。政治上の大問題を、穏健ながら教養にとぼしい人間の頭で整理し、人間というものは自由の身になることは決してなかろうという点で、意見が一致した。一方、ヴァレリヤン山は、ひっきりなしに轟音をとどろかせ、砲弾でもってフランスの家を破壊し、生命をうち砕き、人々を押しつぶし、多くの夢、多くの楽しみ、多くの希望と幸福を無にしつつあった。そうして、遠い国もとにいる女たちの、娘心や母心のうちに、癒《い》えることのない苦しみの種を作りだしつつあった。

「仕方がない、これが生きるってことなんですな」

「死ぬってことだと言うべきでしょうな」と、モリソが笑いながら言った。

その時、二人は、うしろから誰かが歩いて来る気配に、びくっとして体を震わせた。

振り返ってみると、二人の肩のすぐうしろに四人の男が立っていた。四人は、武装したひげ面《づら》の大男で、召使のお仕着せのような服を着、平たい軍帽をかぶっていた。しかも二人のほうに銃口を向けて狙いを定めていた。

竿が二人の手から落ち、川を流れ下って行った。

あっという間に、二人はつかまえられ、縛りあげられ、運ばれて小舟にほうり込まれ、島に連れられて行った。

空き家だとばかり思っていた例の家のうしろには、二十人ばかりのプロシャ兵がいた。毛むくじゃらの大男が、椅子に馬乗りになり、陶製の大きなパイプをふかしていた。そして、「どうです、釣れましたかね」と、見事なフランス語で言った。

すると、兵士が、魚でいっぱいの魚籠を、士官の足もとに置いた。気をきかせて持ってきていたのだ。プロシャ軍の士官は、にやりと笑って言った。「ほほう、なかなかのものですな。ところで、ほかでもないが、私の話を聞いてもらいたい。なに、心配することはありません。

私の見るところ、きみたちは、様子をさぐるために派遣されたスパイだね。目的を隠すために釣りをしていたにすぎん。ところが、私の手中に落ちた。お気の毒だが仕方がない。戦争だからな。

しかし、前哨線を通り抜けて来た以上、戻るための合言葉を知っているはずだ。その合言葉を教えてくれれば、許してやる」

二人の友は、青ざめた顔をし、手をかすかに震わせながら黙り込み、並んで立っていた。

士官がまた言った。「誰にもわかりゃせん。きみたちは無事に帰れるのだ。秘密は消えてしまうのだ。それがいやならばただちに死あるのみだ。選びたまえ」

二人は、口を閉じたままじっとしていた。

プロシャ軍の士官は、川のほうに手をさしのべながら、相変らず穏やかな口調で言葉を続けた。「五分後には、きみたちは水の底だ。五分後だぞ！　きみたちにも両親はいるだろう」

ヴァレリヤン山は相変らず鳴動していた。

二人の釣り人は、押し黙ったまま立っていた。プロシャ軍の士官は、自国語で命令した。それから、捕虜のそばから少し離れるために椅子の位置を変えた。十二名の兵卒が、銃を手にして二十歩ばかり離れたところに並んだ。

「あと一分だけ待とう。それ以上は、一秒も待てないぞ」と、士官が言った。

士官は不意に立ち上がると、二人のそばにやって来た。そしてモリソを腕に抱きかかえるようにして、少し離れたところに連れて行き、低い声で「早く合言葉を言うんだ。きみの友達にはわからん。可哀相だから許してやったようなふりをしてやるからな」と言った。

モリソは返事をしなかった。

それでプロシャ軍の士官は、ソヴァージュさんを連れて行き、同じことを言った。

ソヴァージュさんも返事をしなかった。

二人は並んで立たされた。

士官が号令をかけ始めた。兵士たちが銃口を上げた。

そのとき、二、三歩先の草の上にほうりだされている魚籠《びく》のほうに、ふとモリソの視線が行った。魚籠には川ハゼがいっぱい入っている。

日の光が、まだひくひくと動いている魚に当たり、光っていた。するとなんだか気が遠くなるようだった。いくらこらえようとしても涙が目にあふれてきた。

モリソが「ソヴァージュさん、さようなら」と口ごもりながら言った。

ソヴァージュさんが、「モリソさん、さようなら」と答えた。

二人は、手を握りあった。頭のてっぺんから足のつま先まで震えがとまらなかった。

士官が「撃て！」と叫んだ。

十二発の銃声が一斉にとどろいた。

ソヴァージュさんはどっとうつむけに倒れた。モリソのほうが背が高かったので、よろめくと一回転し、顔を上に向けて友達の体の上にはすかいに倒れた。上着の胸のあたりに穴があき、そこから血がどくどくと流れ出していた。

プロシャ軍の士官が、新たな命令を出した。

兵士たちは四方に散って行くと、綱と石をもって戻ってきた。二人の死者の足に石がくくりつけられ、死体は川岸に運ばれて行った。

ヴァレリヤン山は、ひっきりなしに轟音を響かせ、今では硝煙が入道雲のように頂上にかかっていた。

二人の兵士が、モリソの頭と足を持った。別の二人の兵士が、同様にソヴァージュさんを持ち上げた。二つの死体は、一度、力いっぱい振られたあと、遠くにほうり投げられた。死体は、空中に曲線を描いて飛び、石の重みが足にかかったので、直立の姿勢で川のなかに沈んでいった。

水が飛び散り、泡立ち、ゆらめき、静まった。ごくごく小さなさざなみが岸に寄せた。

少しばかりの血が浮いていた。

士官は、相変らず晴れ晴れとした顔つきで、「後の始末は魚がやってくれるな」と低い声で言った。

士官は、家のほうに戻ろうとした。

すると、草の上に、川ハゼのはいった魚籠がころがっているのが、ふと目に入った。士官はそれを拾い上げ、しげしげと眺めると、にやりと笑い、「ヴィルヘルム!」と叫んだ。

白いエプロンをかけた一人の兵士が、駆けつけてきた。すると士官は、銃殺された二人の獲物を投げ出しながら、こう命じた。「この小魚を生きているうちにフライに揚げてくれ。きっとうまいぞ」

それから士官は、またパイプをふかしはじめた。

(*Deux Amis*)

旅　路

ギュスターヴ・トゥドゥーズ*に捧ぐ

1

汽車はカンヌから満員だった。乗客はみんな知り合いになり、話がはずんでいた。タラスコンを通過したあたりで、誰かが「殺人事件が起きたのはここでしたよ」と言った。すると、神出鬼没の謎の殺人犯が話題になった。この犯人は、二年ほど前から、時おり現れては乗客の命を奪っていたのだ。みんながそれぞれ勝手な憶測をめぐらせ、自分の意見を述べた。女たちは、窓ガラスの向こうの暗い闇を見つめては体をおののかせ、今にも車室の扉から男の顔がぬ

＊　フランスの作家、美術評論家。一八四七―一九〇四年。

っと現れるのでは、とおびえた。すると、いやな相手と出会った恐ろしい話が披露された。急行列車で狂人どもとさし向かいになった話とか、怪しい人物と何時間ものあいだ面と向かっていたというたぐいの話であった。

男たちにはそれぞれ自慢話があった。思いがけない状況に直面しながらも、機転をきかせ、大胆さを見事に発揮して、悪者《わるもの》の心胆を寒からしめ、相手をうちのめし、縛り上げたというのだ。毎年、冬場は南フランスで過ごすのを習わしにしている医者が、私も一つ面白い話をお聞かせしようと言って、次のように語り出した。

＊

私は、そういうたぐいの事件にまきこまれて、自分の度胸をためす機会には、あいにくとめぐまれませんでしたがね。しかし、ある女性を知っていましてな。この人は、私の患者の一人でしたが、今ではもう故人となられました。この人の身の上に起こったことは、じつに奇妙、かつじつにもって摩訶《まか》不思議、しかも痛ましい出来事だったのです。

その方はロシヤ人でした。大貴族の夫人で、マリーヤ・バラノーワ伯爵夫人とおっしゃる、たいそう美しい方でした。ご存じの通り、ロシヤ女性は美人ですからな。すくなくとも私たちには美人に見えますからね。鼻筋はほっそりと通り、口もとは品よく、目と目の間はせまり気味で、灰色がかって青い目の色ときたら、なんともいえないおもむきをたたえているのです。ロシヤ女性の冷たい、やや険のある魅力というものはたまりませんなあ。ロシヤのご婦人がたには、何かしら意地悪そうに見えるとともに心をそそるものがあり、高慢であると同時に穏やかなところ、厳しいとともにやさしいところがあって、フランスの男にはじつに魅力的な存在なのです。しかし、つまるところ、ロシヤ女性にそれほどの美点があると思わせるものは、単に民族が違い、したがって人間のタイプが違うというだけのことかもしれません。

伯爵夫人の主治医は、夫人が結核に冒されているのを知って、何年も前から、南フランスに転地療養に出かけるようすすめていました。しかし夫人は、サンクト・ペテルブルグ（一九一八年までのロシヤの首都）を離れるのをかたくなに拒んでいました。去年の秋、夫人の病いがいよいよ重いことを知って、医師はそれをご主人に伝えました。するとご主人は、マントン（地中海沿岸の避寒地）に向けて出発するよう直《ただ》ちに夫人に命じたのです。

伯爵夫人は汽車に乗り込みました。召使たちは別の車室（十九世紀の車両は小室に分かれ、そのそれぞれにプラットフォームに面して扉がついていた）に乗りましたので、夫人の車室には夫人のほか誰もいませんでした。夫人は、車室の扉のすぐそばに腰掛け、もの悲しい気持にとらえられつつ、原野や村落が通り過ぎてゆくのを眺めていました。子供もおらず、親戚すらろくにいない身の上でしたから、じつに孤独な、あたかも人生において見捨てられたかのような心地がしておりました。というのも夫の愛情はとっくに冷えこんでおり、まるで病気にかかった召使でも病院に送りこむように、夫人を世界の果てに追いやり、自分は一緒にこようとはしなかったからです。

列車が駅に停車するたびごとに、何かご用はありませんか、と召使のイワンが訊《たず》ねに来ました。イワンは、まことに献身的な老僕で、女主人の命令ならなんでも実行してのける覚悟ができている男でした。

夜になり、列車は全速力で走っていました。夫人はひどく気がたって眠れません。にわかに夫人は、自分のお金を数えてみようかしらん、という気になりました。それは、いよいよ旅立つという間際になって、夫がフランス金貨で渡してよこしたものでした。夫人は、小袋の口を開いて、ぴかぴかの金貨を膝の上にさっとあけました。

けれども、とつぜん冷たい風が夫人の顔に当たりました。はっとして、夫人が顔を上げると、車室の扉が開けられたところでした。驚いた伯爵夫人は、服の上に散らばっているお金の上に肩掛けをあわててひろげ、そして待ちました。何秒かがたちました。すると一人の男が、服こそ夜会服ですが、帽子もかぶらず、手に怪我をし、息をはずませて、姿を現しました。男は、扉を閉めると、腰をおろし、夫人のほうをギラギラと光る目ですぐそばから見つめ、それから、血のしたたる手首をハンカチでつつみました。

年若い夫人は、恐ろしさに気も遠くなりそうでした。男は、金貨を数えている夫人の姿を目撃したので、殺害して金を奪おうとしているのにちがいないのでした。

男は、どうやら夫人にとびかかろうと身構えているらしく、顔をひきつらせ、息を切らせて、彼女の顔をじっと見つめ続けていました。

男が不意に、

「奥さん、心配はご無用です」と言いました。

夫人には、自分の心臓の高鳴りと、耳ががんがんする音が聞こえるばかりで、口を開くこともできず、返事をしませんでした。

男はまた、

「奥さん、私は怪しいものではありません」と申しました。

伯爵夫人は、やはりなんとも返事をしませんでしたが、ぎくりとして体を動かした拍子に、膝がすぼまり、水が樋《とい》からあふれ出るように、金貨が敷物の上にこぼれ落ちました。

男は、驚いて、流れ落ちる金貨を見ておりましたが、不意に腰をかがめると金貨を拾い始めました。

びっくりした夫人は、立ち上がると、全財産が床に流れ落ちるのもかまわず、昇降口の扉に駆け寄りました。線路に飛び降りるつもりだったのです。しかし、男は、夫人の意図を察してそばに駆け寄り、両腕で抱きとめると、無理矢理に座らせ、夫人の両手を握ったままこう言いました。「奥さん、聞いて下さい。私は怪しいものではありません。その証拠に、私はお金を拾い集め、お渡ししようとしているではありませんか。しかし、私は追いつめられた人間です。国境通過の際、奥さんに助けていただかないと、もう死んだも同然の身となってしまいます。これ以上のことは申し上げられません。一時間後には、ロシヤ領の最後の駅に着きます。一時間二十分後には、ロシヤ帝国の国境線を越えることになりましょう。もしもお助け下さらなければ、私にとっては破滅あるのみです。しかし、私は、人殺しをしたわけでも、盗みを働いたわけでもありません。これは誓って申しますが、およそ名誉にかかわるようなことは何ひとつしていないのです。これ以上は、申し上げられません」

そう言ってから、男は膝をついて座席の下まで金貨を探し、遠くにころがった最後の一枚にいたるまで拾い集めたのでした。それから、革の小袋がふたたび金貨で一杯になると、一言もいわずにそれを夫人に渡しました。そして車室の向こうの隅に行って腰をおろしました。

それからはもう、二人のどちらも身動き一つしません。夫人はじっと動かず口もききませんでした。まだ恐怖におびえていましたが、しだいに気持が落ち着いてきました。男のほうはというと、身ぶり一つ、動作一つしません。まるで死人のように顔を青ざめさせ、上体をぴんと起こして前方を凝視しておりました。時どき夫人は、男のほうにちらりと目を向けましたが、すぐにそらせました。相手は、三十格好の男でしたが、大変な美男子で、どう見ても貴族の風貌をしておりました。

列車は、闇のなかをひた走っておりました。夜闇のなかで空気を引き裂くような汽笛を鳴らし、時どき速度をゆるめては、また全速力で走り出しました。しかし、そのうちに汽車はにわかに速度を落とすと、何度も汽笛を鳴らし、それから完全に停車いたしました。

イワンが、ご用をうかがいに昇降口の扉のところにやって来ました。伯爵夫人の声は震えておりました。もう一度、奇妙な相客のほうをしげしげと見やってから、召使に向かって、突然こう申しました。

「イワン、あなたは旦那さまのところに帰ってちょうだい。わたしにはもう用事がないもの」

従僕は驚いて目を丸くし、

「でも……奥さま」と言いました。

夫人がまたこう申しました。

「いいのよ、来なくていいのよ。わたし、気が変わったの。あなたはロシヤにいたほうがいいのよ。これは帰りの汽車賃。それからあなたの帽子と外套をこちらにちょうだい」

老僕は、びっくり仰天したものの、帽子を脱ぎ、外套をさしだしました。主人の意向が突然変わったり、主人がにわかに気紛れをおこして、どうにもやりようがないといった事態には慣れっこになっていて、いつも黙って言われる通りにしてきたのです。イワンは目に涙を浮かべて立ち去りました。

汽車はふたたび発車し、国境に向かって走り出しました。

伯爵夫人は、同室の男に向かってこう言いました。

「これをあなたにさしあげますわ。あなたを、わたしの従僕のイワンということにします。ただし、これには条件が一つだけあります。わたしに決して話しかけないこと、お礼を言うためでもなんでも、とにかく一言も口をきいてはいけないのです」

見知らぬ男は、黙って頭を下げました。

まもなく汽車は、ふたたび停車し、制服を着た役人たちが、検査のため車内に乗りこんできました。伯爵夫人は、旅券を出して見せ、車室の隅に座っている男を指さして、「あれは従僕のイワンです。これがあれの旅券です」と言いました。

汽車はふたたび動き出しました。

一晩じゅう、彼ら二人は、さし向かいでいながら一言も口をききませんでした。

朝になって、汽車はとあるドイツの駅に到着しました。見知らぬ男はいったん降りたあと、ふたたび車室の昇降口に立ち、こう言いました。

「お約束をやぶるのをお許し下さい。しかし、私のせいで召使がいなくなったのですから、私が召使の役目をするのは当然です。何かご用はありませんでしょうか」

夫人は冷たい口調で、

「小間使いを呼んで下さい」と答えました。

男は、小間使いを呼びに行き、それから姿を消しました。

どこかの駅の食堂に立ち寄った際、夫人は、男が遠くから自分のほうをじっと見ているのに気づきました。こうして二人はマントンに着いたのです。

2

医者は、しばし口をつぐんだのち、また語り出した。

ある日のこと、私が診察室で患者をみておりますと、背の高い青年が入ってきて、こう申しました。

「先生、マリーヤ・バラノーワ伯爵夫人の容態をうかがいに参りました。夫人のほうでは私のことをご存じありませんが、私はあの方のご主人の友人なのです」

「回復の見込みはないでしょうな。ロシヤにお帰りになることもありますまい」と、私は答えました。

すると、その男は不意に泣き始めました。そして立ち上がると、まるで酔っ払いのようによろよろしながら、出て行ったのでした。

早速その日の晩、私は、伯爵夫人に、見知らぬ男が夫人の容態を訊ねに来た旨、伝えました。夫人は、胸をうたれた様子でした。そして、いましがた皆さんにお話ししたような話を私にしてくれたのです。夫人はつけ加えてこう言いました。

「見ず知らずのあの方が、今では、影法師のように、私の後からついて来るのです。外出するたびに、あの方に会います。妙な目つきでこちらを見ますけれど、わたしに話しかけることは決してしないのです」

夫人は、もの思いにふけるふうでしたが、やがて、「そうだわ。今もきっと窓の下にいらっしゃるにちがいなくてよ」とつけ加えました。

夫人は長椅子から立ち上がると、窓辺に寄ってカーテンを開き、男の姿をさし示しました。なるほどそれはたしかに私に会いに来た男でした。彼は、遊歩道のベンチに腰をおろし、ホテルのほうに目を向けていました。男は私たちの姿に気づくと、立ち去って行き、一度としてうしろを振り返ることはありませんでした。

それからというもの、私は、驚くべくも痛ましい事実を知りました。互いに相知ることのない二人の人間の無言の恋を、目の当たりにすることとなったのです。

男は、まるで命を助けてもらった動物が、感謝のあまり死をもいとわず身を捧げるように、夫人を献身的に愛していました。男は、「夫人の容態はいかがですか」と、私に訊ねるため毎日やって来ました。自分の気持はもう私に見抜かれていると、男にはわかったからです。そして、夫人が日ごとに衰弱し、日ごとに青ざめつつ、通り過ぎてゆくのを目にすると、さめざめと泣くのでした。

夫人は、「あの不思議なお方に、わたしは一度しかお話ししていないのですが、でも二十年も前から存じ上げているような気がするのです」と、私に言いました。

二人が出会うと、夫人は、重々しくはありますが、魅力的な微笑《ほほえ》みを浮かべて会釈を返すのでした。これほどに孤独な女性、しかも明日をも知れぬ身と自らわかっている女性が、幸福な気持でいるのを私は感じとりました。これほどの敬意、これほどの忠実さ、かくまでの純粋な心情、水火も辞さぬ真心をこめて愛されていたのですから、幸福な気持になったのもむべなるかなです。それなのに伯爵夫人は、一途《いちず》な人間らしい頑固さを発揮して、男を迎え入れることも、その名を知ることも男と話すことも、必死になって拒んでいたのでした。夫人は「そんなことをすれば、この奇妙な友情は壊れてしまいますわ。わたしたちは、お互いどうし知らない人間でいなくてはいけないのです」と言っていました。

男のほうはどうかと言えば、やはり一種ドン・キホーテじみた人間（空想的な、現実離れした人間の意）だったにちがいありません。なにしろ夫人と近づきになるために何ひとつしなかったくらいですからね。決して話しかけないという、汽車のなかでの馬鹿げた約束を、男はどこまでも守ろうとしたのです。

衰弱して何時間ものあいだ体を休めている折りなど、夫人は長椅子からふと立ち上がると、窓辺に寄ってカーテンを開けることがしばしばありました。男が窓の下に来ているかどうか見るためでした。ベンチでじっと座っている男の姿を目にすると、夫人は、唇に微笑みを浮かべて戻り、また長椅子に横になるのでした。

ある朝の十時頃、夫人は息を引きとりました。私がホテルから出ようとしたとき、男が血相を変えて私のほうにやって来ました。もう訃報《ふほう》を聞いていたのです。

「先生にお立ち会いいただいた上で、ほんのわずかのあいだでいいのですが、あの方のお顔を拝ませて下さい」と、男は言いました。

私は、男の腕をとると、また部屋に引き返しました。

亡骸《なきがら》が横たわるベッドの前に立つと、男は夫人の手を取り、いつ果てるともない長い口づけをしました。それから、まるで気がふれた人のように、急いで立ち去りました。

＊

医者はふたたび口をつぐみ、そしてまた語り出した。

「これなどは、私の知る限り、もっともめずらしい鉄道奇談でしょうな。それに人間というものは、まったくもって変わった生きものだと申し上げねばなりませんね」

女性の一人が、小声でこうつぶやいた。

「そのお二人の方は、先生の思っていらっしゃるほど、変わった人たちではありませんわ……お二人は……お二人は……」

この女性は、あんまり激しく泣きむせんだので、それ以上は何も言えなくなってしまった。女性の気持をしずめるため、一同が話題を変えたので、女性が何を言おうとしたのか、ついにわからずじまいになった。


(*En Voyage*)

ジュール伯父さん

アシル・ベヌーヴィル氏*に捧ぐ

白いひげをはやしたみすぼらしい老人が、ぼくたちに向かって施しを求めた。友人のジョゼフ・ダヴランシュときたら、五フランもやったものだ。ぼくが驚いてみせると、彼はこう言った。

「あのみじめな男を見て、ぼくはあることを思い出したんだよ。きみにその話をしよう。なにせしょっちゅう思い出しているんでね。まあ、聞いてくれたまえ」

＊　フランスの風景画家。一八一五―一八九一年。

＊

ぼくの家は、ル・アーヴル（英仏海峡に臨む港町）の出なんだが、金持じゃなかった。なんとか食いつないでいるといった程度だったね。おやじは勤め人で、遅くまで役所で働いていたが、たいした稼ぎがあったわけじゃない。ぼくには姉が二人いた。

おふくろには、貧乏暮らしがよほどこたえていたらしく、亭主に向かってよくとげとげしい言葉を吐いていた。遠回しながらいやみたっぷりの御託を並べるのだ。するとあわれにもおやじはきまってある仕草をしてみせるのだが、その様子にはなんともつらい思いをさせられた。おやじは、手をひろげて額にあて、出てもいない汗をぬぐうような身ぶりをして、一言も返事をしないんだ。どうしようもないおやじの苦悩が、ぼくにはよくわかった。何かにつけて倹約第一の生活だった。夕食によばれても断る。お返しができないからな。買い物は、売れ残りの安売りですませる。姉たちは、自分の手でドレスをこしらえた。一メートルにつき十五サンチームの縁飾りを買うのにさえ、さんざん議論したものだ。ふだん食べていたのは、脂身入りのスープと、相も変わらぬ牛肉の、味付けだけ変えたやつ。これは健康にはいいし、精もつくらしいんだが、できればほかのものも食べたかったね。ぼくがボタンをなくしたり、ズボンを引き裂きでもしようものなら、こっぴどく叱られたものだよ。

　それでいながら、日曜日になると、ぼくらは盛装して波止場に散歩に出かけた。おやじは、フロックコートにシルクハットといういでたちで、おまけに手袋まではめて、お祭の日の船のように飾りたてたおふくろに腕をかしていた。姉たちは、いつも最初に支度をすませ、出発の合図を待つばかりだった。ところが、いよいよ出かける段になって、たいがいはおやじのフロックコートかなんぞに染《し》みが一つみつかり、ベンジンをつけたぼろぎれでもって、急いで染みをとらなくちゃならなくなった。

　おやじは、頭にシルクハットをのせたまま、シャツ姿で、作業が終わるのを待っていた。おふくろは、汚さないようにと手袋を脱ぎ、近視用の眼鏡をかけ、染み抜きに大わらわというわけだ。

　さてそれから、いよいよ威儀を正しての出発だ。姉たちは、腕を組みあって先頭を歩いた。適齢期になっていたんで町じゅうの人に姿を見せる必要があったのだ。ぼくはおふくろの左側を歩いた。右側にはおやじがいたからね。日曜日ごとのこの散歩のあいだじゅう、あわれな両親は儀式ばった態度をくずさず、顔をこわばらせ、歩き方は厳粛そのものだった。ぼくは今でもありありと覚えている。両親は、体をまっすぐにし、足をぴんと伸ばし、重々しい足取りで前進したものだった。まるで、極度に重要な問題が、彼らの歩き方いかんにかかっているかのような具合だった。

日曜日ごとに、遠い未知の国から大きな船が港に入ってくるのを見ると、おやじは決まってこう言った。

「なあ。ジュールがあの船に乗ってりゃあ、こいつはちょっとした驚きだね」

伯父のジュール、つまりおやじの兄は、わが家にとって、はじめは鼻つまみ者だったが、その後は唯一の希望になった。ぼくはこの伯父のことを子供の頃から聞かされていたので、一目見ればすぐに見分けがつくような気さえしていた。それほど、ジュール伯父はぼくには親しい存在となっていたのだ。伯父がアメリカに出発するまでの生活について、ぼくは細かいことまで承知していた。伯父の人生のこの時期については、ひそひそと小声で語られるのみではあったのだが。

伯父はどうやら身持ちが悪かったらしい。つまり、お金を使いこんだのだが、これは、貧乏人の家庭にとっては、罪のなかでも最たるものなのだ。お金持の場合、道楽者は「馬鹿な真似をしたものだ」と言われるだけですむ。あいつは遊び人だよ、と笑われるだけのことだ。貧乏人の場合、両親の資産を削り取るやつは、悪人であり、ならず者であり、やくざ者なのだ。

やってのけたことに変わりはないのに、こういうふうに区別されるのは当然のことで、そもそも、その行為が重大かどうかは、結果によってのみ判断されるものなのだ。

要するに、ジュール伯父は、ぼくのおやじがあてにしていた相続分を、大幅に減らしたというわけで、むろん自分自身の相続分は最後の一文まですっかり使い果たしてしまった。

そこで伯父は、ル・アーヴルからニューヨーク行きの商船に乗せられ、アメリカに行かされた。その頃は、よくそういうことが行なわれたらしいね。

向こうに着くと、ジュール伯父は何か商売を始めた。やがて来信があり、手紙には、少しは金も儲かるようになったから、ぼくのおやじにかけた損害もつぐなえる日が遠からず来るだろう、と書いてあった。この手紙は、わが家に深い感銘を与えた。それまでは犬も食わぬ厄介者と言われていたのが、にわかにひとかどの紳士、好人物、ダヴランシュ家にふさわしい男、あらゆるダヴランシュ家の人間同様、清廉潔白な人物ということになった。

加えて、船長の一人が伝えてよこした話によると、伯父は大きな店を借り、手広く商いをやっているということだった。

二年たって二通目の手紙が来た。そこにはつぎのように書いてあった。「親愛なるフィリップよ。こちらは達者に暮らしているから、案じないでくれ。商売もうまくいっている。明日、南米に向けて長い旅に出る。おそらく何年かは手紙も書けないだろう。しかし、便りがないからといっても心配は無用だ。ひと財産できたらル・アーヴルに帰るつもりでいる。それまでにさして時間はかかるまい。楽しく一緒に暮らそう……」

この手紙は、ぼくら一家にとって福音書のようなものになった。なにかにつけてこの手紙が読まれ、人にも示された。

十年ばかりものあいだ、ジュール伯父は便りをよこさなかった。しかし、時間がたてばたつほど、おやじの期待は大きくふくらむばかりだった。おふくろもよくこんなことを言った。

「ジュールさんが帰って来たら、あたしらの暮らしむきもすっかり変わるよ。立派に立ち直った人というのはああいう人のことだねえ」

日曜日ごと、水平線の彼方から、もくもくと煙を噴き上げながら近づいてくる黒い船を目にすると、おやじは相変らず例の言葉を口にするのだった。

「なあ。ジュールがあの船に乗ってりゃあ、こいつはちょっとした驚きだね」

そして、伯父が、「おーい、フィリップ」と叫びつつ、ハンカチを振るさまが、今にも目に見えるのではないかとさえ思われてくるのであった。

伯父が帰ってくるのは確実と思われたので、さまざまな計画がたてられていた。アングーヴィル（ル・アーヴルの北方約六〇キロにある村）のほうに、伯父のお金でちょっとした別荘を買う予定まであった。そのため、おやじはすでに交渉を始めていたのではないかとすら思われるくらいだ。

ぼくの姉二人のうち、上のほうは二十八歳、下のほうは二十六歳だった。二人とも未婚のままでいることが、家じゅうの者にとって大きな悩みの種だった。

下の姉のほうにようやく求婚者が現れた。会社づとめの男で、金持ではないが、堅気の男だった。ある晩、この青年にもジュール伯父からの手紙が示された。ためらう気持を振り切って、青年に決断をうながしたのは、じつは、この手紙だったのだ、とぼくはいまだに確信している。

求婚は、二つ返事で承諾された。そして結婚式のあと、一家そろってジャージー島

（英仏海峡にある英国領の島）に小旅行をすることになった。

　貧乏人が旅行をする場合、ジャージー島は目的地としてはもってこいだ。遠くはないし、海を渡って客船で行ける。それでもこの小島は、英国領だから、外国旅行の気分になれる。こういう次第でフランス人は、たった二時間の船旅で、隣国の国民が自分たちの国で生活している様子を見、気取って言えば、「英国旗はためく」この小島の風俗習慣を研究することができる。この風俗習慣たるや、いかに嘆かわしいものであろうとも、である。

　ジャージー島旅行が、ぼくらの主たる関心事、唯一の期待、不断の夢となった。ようやく出発の時が来た。そのときの様子が、まるで昨日のことのようにぼくにはありありと目に浮かぶのだ。

　汽船は、グランヴィル波止場に横づけになったまま、煙を吐き出している。おやじは、そわそわしながら、わが家の三つの荷物を見張っている。おふくろは、結婚していないほうの姉の腕を心配そうにつかんでいた。というのもこの姉は、仲間のなかでたった一羽だけとり残されてしまった雛《ひな》のように、妹が結婚したあと、すっかりしょげていたからだ。ぼくらのうしろには、新婚夫婦がいたが、彼らはいつもうしろにいたので、ぼくはしょっちゅう振り返らねばならなかった。

汽笛が鳴った。ぼくらが乗船すると、船は波止場を離れ、緑色の大理石のテーブルみたいに平坦な海の上を、沖に向かった。あまり旅慣れていない人間はみなそうだが、ぼくらは、岸が遠ざかり行くのを眺めつつ、幸せで得意な気分にひたっていた。

おやじは、フロックコートを着込んで腹を突き出していた。フロックコートのあらゆる染みを、ついその日の朝、丁寧に落としたばかりだったので、外出の日にはかならず漂うベンジンの匂いをあたりにぷんぷんさせていた。当時、あの匂いを嗅ぐと、ああ、今日は日曜日なんだな、とぼくはいつも思ったものだ。

不意におやじは、二人の紳士が、洒落《しゃれ》た身なりをした二人のご婦人がたに、牡蠣《かき》をご馳走しているのに気づいた。ぼろをまとった老水夫がナイフを使って牡蠣の殻を開き、紳士に渡す。すると紳士はその牡蠣を、ご婦人のほうにさし出すという趣向だった。ご婦人がたは、牡蠣の殻を上等なハンカチの上にのせ、ドレスを汚さないように口を突き出して、上手に食べた。それからきびきびした素早い動作で汁を吸ってから、殻を海に投げ捨てていた。

おやじには、走行中の船の上で牡蠣を食うこの洒落たやり方が、どうやらお気に召したらしい。これは高級で上品、かつ気のきいた流儀だと思ったのだ。そこでおやじは、おふくろや姉のそばに近寄って行くと、「どうかね、牡蠣をご馳走しようか」と言った。おふくろは、出費のことを考えてためらったが、姉たちは、さっそく話に乗った。おふくろは、不機嫌な口調でこう言った。

「牡蠣は胃によくありませんからね。子供たちにだけやって下さいな。でもほどほどにしてちょうだい。子供たちを病気にしてはつまりませんよ」

それから、ぼくのほうを向くと、おふくろはつけ加えてこう言った。

「ジョゼフにはいりませんよ。男の子は甘やかしちゃいけません」

そこで、ぼくは、こういう差別は不当だと思いつつも、おふくろのそばに残った。見ると、おやじは、二人の娘と婿を引き連れ、もったいぶった様子で、ぼろを着た老水夫のほうに歩み寄って行くところだった。

二人のご婦人がたは立ち去ってしまっていた。おやじは、汁をこぼさずに食べるにはどうすればよいか、姉たちに教えていた。お手本を見せてやろうというわけで、おやじは牡蠣を一つ手に取った。だが、ご婦人がたの真似をするつもりのところが、たちまち汁をすっかりフロックコートの上にこぼしてしまった。おふくろがこうつぶやくのが聞こえた。

「おとなしくしていればいいのに」

するとおやじがにわかにそわそわしはじめたように、ぼくには見えた。おやじは、二、三歩、後ずさりすると、牡蠣の殻を開けている水夫やそのまわりに集まっている家族の者たちをじっと見つめた。それから不意にぼくらのほうにやってきた。おやじはただならぬ目つきをし、顔がすっかり青ざめている。おやじは、小さな声でおふくろにこう言った。

「妙だぞ。牡蠣の殻を剝いている男ね、じつにジュールにそっくりなんだ」

おふくろは驚いて「ジュールって、どこのジュールのこと？」と訊《たず》ねた。

おやじが言った。

「むろん……兄貴のことだ……兄貴がアメリカで成功しているとわかってなけりゃ、てっきり兄貴だと思ったくらいだ」

おふくろは愕然としてつぶやいた。

「何を言っているのさ。兄さんじゃないってわかっているんなら、なぜそんな下らないことを、わざわざ口にするのよ」

だがおやじは言い張った。

「ねえ、クラリス、見てきてごらん。きみ自身の目で確かめてもらいたいんだ」

おふくろは立ち上がると、娘たちのところに行った。ぼくもくだんの男をしげしげと眺めた。その男は、老いさらばえて皺だらけで、汚らしく、自分の仕事から目も上げなかった。

おふくろが戻ってきた。体が震えているのがわかった。おふくろは早口で言った。

「兄さんだと思うわ。船長のところに行って、事情を聞いてきてちょうだい。でも、うかつなことは言わないでね。いまさらあの悪党をしょいこんだら大変だから」

おやじはその場を離れたが、ぼくはそのうしろからついていった。ぼくは妙に興奮していた。

船長は、痩せた背の高い男で、頬ひげを長くのばしていた。まるでインド行きの郵便船（英国とインドを結ぶ郵便船。一八三九年より一九三九年まで運行）でも指揮しているみたいに、もったいぶった様子で、船橋の上を行ったり来たりしていた。

おやじは、いかにも仰々しい様子で船長に近づくと、お世辞たらたら船長の職務について訊ね始めた。

「ジャージー島の大きさはどの程度でしょうかな。産物や人口は？　暮らしぶりや習慣はどうでしょうか。地質はいかがです」などと訊ねた。

知らない人が聞けば、少なくともアメリカ合衆国程度の土地が話題になっていると思ったことだろう。

それから、ぼくらを運びつつあった船、つまりエクスプレス号のことが話題になり、ついで話は乗組員に及んだ。おやじは震え声でこう訊ねた。

「あそこに牡蠣の殻を剝いている老人がいますが、興味をそそられますな。あの男について何かご存じですか」

おやじとの会話にいらいらさせられていたものか、船長は、ぶっきらぼうにこう言った。

「あれは、私が去年、アメリカで拾った老いぼれのフランス人です。浮浪者なんで私が連れ帰ってやったんです。ル・アーヴルに身寄りがいるらしいんですが、借金があるので、帰りたくないそうです。ジュール……ジュール・ダルマンシュだか、ダルヴァンシュだか、まあ、そんなふうな名前でしたな。一時は、向こうで羽振りがよかったらしいんですが、今では、ご覧のような有様です」

おやじは、真っ青になり、喉をつまらせ、目を血走らせてやっとこう言った。

「なるほど……なあるほど……よ、よくある話ですな……船長さん、どうもありがとうございました」

おやじは、その場を離れたが、船長はあっけにとられて相手が立ち去っていくのを眺めていた。

おやじは、おふくろのところに戻ってきた。その顔つきがあまりにもとり乱していたので、おふくろがこう言ったほどだった。

「ちょいと。お座りなさいよ。人に気づかれますからね」

おやじは椅子の上に倒れるように腰をおろしつつこうつぶやいた。

「やっぱりあいつだ。たしかにやつだ」

それからおやじは訊ねた。

「どうしたもんだろう」

おふくろは、急いで答えた。

「子供たちをあの男からひき離さなくちゃ。ジョゼフは事情を知っているんだから、みんなを呼びに行かせましょう。とくに、お婿さんには気づかれないようにしないと」

おやじは、打ちのめされたような様子だった。おやじはつぶやいた。

「なんていう始末だろう」

おふくろは、にわかに怒りだしてこう言った。

「あの盗人《ぬすっと》に何かできるわけがない、いつかはあたしたちの厄介者になるにちがいない、とあたしは睨んでいたんだ。ダヴランシュ家の連中に、何かを期待するほうが間違っているんだよ」

女房に非難されるといつもそうしていたように、おやじは手を額にあてた。

おふくろは、つけ加えるようにこう言った。

「ジョゼフにお金を渡して、牡蠣の代金を払いに行かせなさいよ。あの乞食にこっちが誰だかさとられたら最後だからね。それこそ船じゅうの物笑いになるから。向こうの端に行って、あの男に近寄られないようにしましょうよ」

おふくろは立ち上がり、両親は、ぼくに五フラン銀貨を渡してから、向こうに行ってしまった。

姉たちは、あっけにとられたまま、おやじが戻ってくるのを待っていた。おふくろが、船酔いでちょっと気分が悪いんだよ、とぼくは言い、牡蠣の殻を剝いていた老人にこう訊ねた。

「代金はいかほどでしょうか」

ぼくは、どんなにか「伯父さん」と言いたかったことだろう。

「二フラン五十です」と彼は言った。

五フラン銀貨をさし出すと、おつりを返してよこした。

ぼくは、彼の手をじっと見つめた。それは皺だらけになった水夫の手だった。ぼくはその男の顔も眺めた。みじめに老い、悲しげで、打ちひしがれた顔だった。

「これがおやじの兄貴なんだ、ぼくの伯父さんなんだ」とぼくは心のなかで叫んでいた。

五十サンチームばかりを心づけに渡すと、彼は感謝してこう言った。

「お若い方、神様のお恵みがありますように」

それは施しを貰う乞食の口調だった。あちらでは乞食をしていたにちがいないとぼくは思った。

姉たちは、ぼくの気前がいいのにびっくりしてこっちの顔を眺めていた。

二フランをおやじに返すと、おふくろは驚いてこう訊ねた。

「三フランもしたのかい……ばかに高いじゃないか」

ぼくは、断固とした声で言ってやった。

「五十サンチームを心づけにあげたのです」

おふくろは、仰天して、ぼくの顔を睨みつけた。

「おまえ、どうかしたんじゃないの。あんな男、あんな乞食に五十サンチームもやるなんて」

婿がいることを知らせるおやじの目顔《めがお》に、おふくろは口をつぐんだ。

それからみんな黙りこんでしまった。

前方の水平線を見ると、海の中から紫色の影がせりだして来るように思われた。ジャージー島だった。

波止場に近づいたとき、もう一度ジュール伯父に会いたい、伯父のそばに行って、何かやさしい慰めになるような言葉をかけてやりたい、という強い気持にぼくは動かされた。

しかし、牡蠣を食べるものが誰もいなくなったので、彼は姿を消してしまっていた。あのあわれな老人は、ねぐらにしている不潔な船倉の底に降りて行ってしまったにちがいなかった。

伯父に会わないようにと、わざわざサン＝マロ（英仏海峡に臨む港。ル・アーヴルの西方二百キロあまり）行きの船でぼくらは帰った。おふくろは心配でたまらない様子をしていた。

おやじの兄貴にぼくはその後二度と会っていない。

ぼくが時おり五フランものお金を浮浪者にやるのを、きみは今後も目にすると思うけど、それにはこんな訳があったんだよ。

（*Mon Oncle Jules*）

初　雪

紺碧《こんぺき》の海の岸辺にそって、ラ・クロワゼットの遊歩道が延びている。右手では、エストレル山地が沖合に向かって、海のなかに突き出ている。この山地は、不思議な形をしたあまたのとがった頂上を見せ、いかにも南フランスらしい美しい情景をなすとともに、水平線を閉ざし、視界をさえぎってもいる。

左手には、サント＝マルグリット島とサン＝トノラ島があり、どちらも水中に寝そべっているような格好をしていて、モミの木に覆われた背中が見える。

カンヌの広々とした入り江のまわりや、それを囲む高い山々にそって、白亜の別荘の群れが、日の光をあびてまどろんでいる。遠くに見える明るい家々は、山の麓《ふもと》から頂上にいたるまで、濃い緑に白い斑《まだら》をつけるように、点々と散らばっていた。

海辺に近い別荘は、静かな波がひたひたと寄せる広い遊歩道に向かって、鉄格子の門を開けている。気持のよい穏やかな陽気である。冷たい風もほとんど吹かない暖かい冬の一日だ。家々の庭の塀《へい》ごしには、金色の実をたわわにつけたオレンジやレモンの木が見える。並木道の砂地を、婦人たちが、ゆっくりと通って行く。輪まわしをしながらついて行く子供たちと一緒の婦人もあれば、殿方とおしゃべりをしながら行く女性もいる。

ラ・クロワゼットの遊歩道に面して門がある洒落《しゃれ》た小さな家から、今しも一人の若い女が出てきたところである。女は、しばし立ち止まって散歩者たちをうち眺めたあと、微笑を浮かべ、疲れはてたような足取りで、海に面した、あいているベンチにたどりついた。二十歩も歩まないのに、もうくたびれた様子で、女はあえぎつつ腰をおろした。青ざめた顔つきは、まるで死人のようだ。咳きこむと、精も根も尽きさせるようなこの咳をとめようとするかのように、透けるほど白い指を口もとにもっていった。

女は空を眺めやった。空は日ざしにあふれ、しきりにツバメが飛びかっている。女はまた、彼方に見えるエストレル山地の奇妙な形をした頂や、すぐそばの青々としてじつに静かな、じつに美しい海を見つめた。

女は、ふたたび微笑《ほほえ》み、

「ああ、わたしはなんて幸せなのかしら」とつぶやくように言った。

とはいうものの、女は自分がまもなく死ぬ身で、今度の春を見ることもあるまいと知っていた。今、女の前を通り過ぎて行く人々は、一年後にも、同じ遊歩道にやって来て、この温暖な土地の暖かい空気を吸うだろう。少しだけ大きくなった子供たちを連れ、今と同じように、希望と情愛と幸福感で胸をふくらませていることだろう。しかし、今のところはまだ彼女のものであるあわれな肉体は、カシの木の柩《ひつぎ》のなかで腐り、かねて経帷子《きょうかたびら》にと決めてある絹の衣《ころも》のなかには、ただ自分の骨があるばかりだろうと、この女にはわかっていた。

彼女はもういないだろう。ほかの人間には、人生の万事がこれまでと同じように続いているだろうが、彼女にとっては終わりなのだ。永遠に終わりなのだ。彼女はもういないだろう。女は微笑むと、ほうぼうの庭から匂ってくるかぐわしい風を、病んだ肺で胸いっぱいに吸い込んだ。

そして物思いにふけった。

忘れもしない、四年前のことだ。女は、ノルマンディー地方の貴族と結婚させられた。相手は、ひげの濃い恰幅《かっぷく》のいい男だった。血色がよく、肩幅は広いが考えの狭い、ただし機嫌だけはいい男だった。

女が結婚させられたのは、経済的理由によるらしかったが、経済のことなど女にはまるでわからなかった。できれば「いや」と言いたいところだったが、両親の機嫌をそこねるのを恐れて、首をたてに振ってみせた。女は、陽気なパリ娘で、生きるのが楽しくてたまらない人間だった。

夫は、女をノルマンディー地方の自分の館《やかた》に連れて行った。館は、石造りの広壮な建物で、たいそう年を経た大樹に取り囲まれていた。館から正面を見ると丈の高いモミの木立が視界をさえぎっていた。右手には、木立の隙間から、素っ裸の野づらが、遠くの農場までずっと続いているのが見えた。屋敷の門の前を間道が通り、それは、三キロ先で幹線道路につながっていた。

ああ、彼女は何もかも覚えている。館への到着、新しい住まいでの最初の一日、それに続く淋しい生活。

馬車から降り立ったとき、女は古い建物を見て、笑いながら、

「あんまり陽気じゃないわね」と言った。

夫のほうも笑いながら、

「まあ、そのうちに慣れるよ。今にわかるさ。ぼくは退屈したことがないからね」と答えた。

その日、二人は接吻しあって一日を過ごし、一日が長すぎるとは思われなかった。その翌日、二人はまた同じことをくり返し、一週間というものが愛撫のうちに明け暮れた。

つぎに女は、屋敷うちの整備にとりかかった。まるまる一カ月がこの仕事についやされた。たいして意味もないのに結構時間を食うこの仕事をしているうちに、一日一日と日々が過ぎていった。生活上の些事《さじ》というものの価値、大切さがわかってきた。季節によって、何サンチーム（一サンチームは百分の一フラン）かずつ上下する卵の値段などというものに関心をもちうることも知った。

夏になった。女は、畑に麦の取り入れを見物しに行った。太陽の明るい日ざしに、心まで浮きたつようだった。

秋になり、夫は猟を始めた。メドールとミルザという二匹の猟犬を連れて、夫は、朝から出かけた。すると、女は一人ぼっちになったが、夫のアンリがいないからといって、べつに淋しくはなかった。夫のことが嫌いではなかったが、しいて一緒にいたいとも思わなかった。夫が帰宅したあとも、彼女の情愛は犬のほうに向かった。まるで母親のような愛情で犬の世話をし、きりもなく愛撫し、夫にたいしてはまるで使う気にもならない数多くの愛称で犬を呼んだ。

夫は、いつもきまって猟の話をした。ヤマウズラを見つけた場所を教え、ジョゼフ・ルダンチュ所有のクローバー畑にウサギが一匹もいなかったことを不思議がり、ル・アーヴル居住のルシャプリエ氏が、領地の周辺をたえずうろついては、彼、アンリ・ド・パルヴィルが追い立てる獲物を仕留めようとするやり口に腹を立ててみせた。

女はきまって、

「それは本当によくないことですわ」と、答えるのがつねだったが、じつはほかのことを考えていた。

冬が来た。寒くて雨の多い、ノルマンディー地方特有の冬である。刃のように空に向かって突き出ている、大きな、とがったスレート葺きの屋根の上に、いつやむでもなく雨が降り続いた。道は泥の川のようになり、野原は泥の海となった。聞こえるのは降りしきる雨の音ばかり、見えるのは旋回するカラスの群ればかりだった。カラスの群れは雲のようにひろがったと思うと、畑に舞い降り、それからまた飛び立っていった。

四時頃になると、陰気なカラスの群れは、耳を聾《ろう》するばかりの鳴き声をあげながら、館の左手にある大きなブナの木にやって来てとまった。一時間ばかりの間、カラスどもは梢から梢へと飛びかいつつ、まるで争っているように見えた。しきりに鳴きわめいては、灰色がかった枝のあいだに黒い姿を見せて動きまわるのだった。

女は、このカラスの群れを毎夕見つめた。人気《ひとけ》のない大地に落ちかかる宵闇の無気味な憂鬱さに、胸のふさがれる思いがしていた。

それから、女は、呼び鈴を鳴らしてランプをもって来させ、暖炉のそばに寄った。山ほどの薪《たきぎ》をくべたが、湿気のしみこんだ、だだっ広い部屋を暖めることはできなかった。客間でも、食堂でも、寝室でも、どこへ行っても一日じゅう寒かった。骨の髄まで冷え込むような気がした。夫は夕食にならねば帰ってこなかった。しょっちゅう猟をしていたし、また、種蒔きだの、耕作だの、さまざまな農事にかまけていたからだった。

夫は、泥だらけになって上機嫌で帰ってくると、両手をもみながら、

「なんていやな天気だ」と言った。

あるいは、

「暖炉の火はありがたいね」と言ったりした。

さもなければ時には、

「今日の気分はどうだい。丈夫で、元気かね」などと訊《たず》ねたりした。

夫は幸福だった。欲もなく、この単純で健康で平穏な生活以外に、かくべつ望むものはないのだった。

十二月になって、雪が降り始めた頃、女には、館の凍《こご》えた空気がいかにもつらいものに思われだした。人間の体が年取ると冷えていくように、この屋敷も時代を重ねるにしたがって冷え込んでしまったように思われた。そこで、ある晩のこと、女は夫にこう頼んでみた。

「ねえ、アンリ、ここに中央暖房《スチーム》の装置をつけて下さらない。そうすれば壁が乾くわ。わたし、朝から晩まで凍えどうしなのよ」

自分の屋敷に中央暖房をいれるという突飛な思いつきに、はじめ夫はあっけにとられた。餌を銀の皿にいれて犬に食べさせるほうが、まだしも自然なものに思われたことだろう。が、つぎの瞬間、夫は、たくましい胸からはじけ出るような大きな笑い声を響かせながら、こう言った。

「うちの屋敷に中央暖房をいれるんだって！　はっはっはっ！　冗談もいいかげんにしてくれよ」

しかし、女はひるまなかった。

「わたし、本当に寒いのよ。あなたはいつも動いているからわからないでしょうけれど、本当に寒いんだから」

夫は相変らず笑いながら言った。

「そのうちに慣れるさ。それにこのほうが、健康にいいんだぜ。かえって丈夫になるんだ。ぼくらはパリの人間じゃないんだから、そうそういつも火のそばにへばりついているわけにはいかないよ。それにまもなく春だし」

一月の初め頃、大きな不幸が女を襲った。父と母が、馬車の事故で死んだのだ。女は葬式のためパリに出て来た。そして、およそ六カ月ばかりのあいだは、悲しみのあまり何も考えられなかった。

春のうららかな日が続くようになると、女もようやく目を覚ましたが、秋までは、もの悲しいけだるさに身をまかせて、ぼんやりと暮らした。

寒い季節がまたやって来たとき、女は初めて自分の暗い将来を正面から見据えた。自分は何をすればいいのだろう？　することは何もないのだ。自分の身の上には、これから先どんなことが起こるのだろう？　何も起こりはしないのだ。どんな期待、どんな希望が、自分の胸を温めてくれるのだろうか。そんなものは何もありはしないのだ。医者の診察を受けた結果、子供にめぐまれないだろうとはっきり言われてしまった。

前年よりはさらに厳しい冬の寒さが肌をさし、たえず女を苦しめた。女は、燃えさかる火に両手をかざした。しかし、冷たい風が背筋から忍びこみ、体と服のあいだに入ってくるようだった。女は、頭のてっぺんから、足のつま先まで震えた。数知れない隙間風が、屋敷じゅうに入りこんでくるように思われた。隙間風はまるで生きもののさながら、仇《かたき》のように陰険につきまとってきた。女は、隙間風に、いつなんどきでも出っくわした。隙間風は、女の顔や手や首に向かって、その冷たくいやらしい憎しみをひっきりなしに吹きつけてきた。

女は、また暖房装置のことを口にした。けれど、夫は、まるで月でも取ってきてくれと言われたような顔で、女の話を聞いていた。こういう装置をパルヴィル館にすえつけることは、「賢者の石」（昔、錬金術師が、金を作り出すもとになると考えた石。転じて、あり得ないものの意）を発見するのと同じくらいの不可能事に夫には思われたのだ。

ある日、用事があってルアン（ノルマンディー地方最大の都会）に行った夫は、妻のために小さな銅製の足温器を買ってきて、それを冗談に「携帯暖房装置」と名づけた。妻が今後、寒さを覚えないためには、それで充分だと思ったのだ。

十二月の終り頃、もうこんな生活をいつまでも続けることはできない、と女はさとった。そこで夕食のとき、おずおずと夫にこう言った。

「ねえ、あなた、春になる前に、一、二週間ばかりパリに行かないこと？」

夫はびっくりした。

「パリにだって？　パリに何しに行くのかね？　いやだよ。ここにいるのが一番楽しいんだからね。きみって女は、時どき妙なことを考えるんだねえ」

女は、

「すこし気がまぎれるかと思ったのよ」と口ごもるように言った。

夫には理解できなかった。

「気をまぎらせるために、きみには何が必要なんだい。芝居、夜会、レストランでの食事などかね。でも、そういう種類の気晴らしはここにはないってことぐらい、初めからわかっていたはずだぜ」

夫の言葉や口調のうちに、女は非難のようなものを感じた。女は口をつぐんだ。女は気の弱い、やさしい性質だった。反抗心や、意志の力はなかった。

一月になると、厳しい寒さがまたやって来た。そして雪が大地を覆った。

ある日の夕暮れ、大きな雲のようなカラスの群れが、樹木のまわりをぐるぐるとまわっているのを見ているうちに、つい女は泣き出してしまった。

夫が部屋に入って来た。夫は大変驚いて、

「いったいどうしたのかね」と訊ねた。

夫は幸福であった。ほかの生活やほかの楽しみは考えたこともなかったので、完全に幸福だったのだ。夫は、この陰気な地方で生まれ育ったので、ここにいれば居心地がよく、身も心も落ち着くのだった。

新しい出来事を待ち望んだり、目先の変わった楽しみを欲しがったりする気持が、この男にはわからなかった。ある種の人間にとっては、四季を通じて同じ場所にいるのは不自然に思われるということがわからなかった。多くの人々にとって、春夏秋冬は、それぞれ別の土地で、別の楽しみをもたらすものだということが、この男にはわからないらしかった。

女は、返事のしようもなくて、急いで目をぬぐった。女は、途方にくれ、口ごもるように、

「わたし……わたし……すこし淋しいの……すこし退屈なの……」と言った。

けれども、こんなことを言ってしまったのが、こわくなり、急いでつけ加えた。

「それに……わたし……わたし……すこし寒いの」

この言葉を聞いて、夫は怒りだした。

「そうか……また例によって暖房装置の話だな。しかし、考えてもごらん。きみはここに来てから、風邪ひとつひいたことがないんだぜ」

夜になった。女は、自分の寝室に上がって行った。というのも、女はかねてから夫とは別の部屋に寝るようにしていたからである。女は横になった。ベッドに入ってさえ寒かった。女は考えた。

「いつまでもいつまでも、死ぬまでこうなんだわ」

それから女は夫のことを考えた。「きみはここに来てから、風邪ひとつひいたことがないんだぜ」などと、よく言えたものだ。してみれば、自分がつらい思いをしているんだってことを、夫にわかってもらうためには、咳でもして病気にならなけりゃだめなんだ。

すると、怒りが込み上げてきた。それは、気の弱い、臆病な人間にありがちな激しい怒りだった。

咳をしなけりゃいけないんだ。そうすれば夫だって自分のことをきっと可哀相に思うにちがいない。それなら、咳をしてやろう。咳の音が夫の耳に入るだろう。医者を呼ばなくちゃならなくなる。夫にそういう思いをさせてやるんだ。そういういやな思いをさせてやる！

女は起き上がった。素足のまま、脛《すね》まであらわにしていた。子供じみた考えを思いつき、女は微笑んだ。

「私は中央暖房《スチーム》の装置が欲しい。だからそれを手に入れてやる。暖房装置をつけざるを得なくなるほど、咳をしてやるのだ」

女は、ほとんど裸のような姿で、椅子に腰掛けた。女は、一時間待ち、二時間待った。体がぶるぶる震えてきたけれど、風邪はひかなかった。そこで女は、非常手段を用いることにした。

女は、そっと寝室から出ると、階段を降り、庭へ通じる扉を開けた。大地は雪に覆われ、まるで死に絶えたもののように見えた。女は、いきなり素足を突き出し、軽やかで冷たい、泡のような雪のなかにさし入れた。まるで傷がうずくような冷たさが、心臓にまでじんとのぼってきた。しかし、女は、もう片方の足も突き出し、ゆっくりと階段を降り始めた。

女は、

「モミの木のところまで行こう」と思いながら、芝生を通って行った。

女は、素足を雪のなかにさしこむたびに息のつまるような思いをしつつ、胸をはあはあさせながら小股で歩いて行った。

女は、一番手前のモミの木に手で触れた。まるで、わたしは計画どおりにやってのけたんだと、自分に言って聞かせるような具合だった。それから女は館のほうに戻った。二度、三度、倒れてしまうのではないかと思った。それほど、全身がしびれ、体の力が

抜けていたのだ。それでも館に入る前に、女は、冷たい泡のような雪のなかに座り込み、雪をつかむとそれを自分の胸にこすりつけた。

それから女は、部屋に戻って横になった。一時間ばかりすると、喉のあたりがむずむずして、アリの群れがいるような気がしてきた。手や足にもアリの群れがいて、這《は》いずりまわっているようだった。それでも女は眠り込んだ。

翌日、女は咳をし、起き上がれなくなった。

肺炎をおこしたのだ。うわ言をいい、うわ言のなかで暖房装置が欲しいと言った。医者も中央暖房《スチーム》を入れるよう命じた。アンリは不承不承言われる通りにしたが、むかっ腹をたてていた。

女は治らなかった。肺の深いところがやられていたので、生命の危険があった。

「ここにいらしたままでは、冬までもちますまい」と、医者が言った。

女は、南フランスに送られた。

女はカンヌにやって来た。日ざしを味わい、海を愛し、オレンジの花の匂いのする空気を吸った。

それから春になったので北国へ戻った。

しかし、今では、女は治るのがこわかった。治って、ノルマンディーの長い冬を過ごさねばならないのがこわかった。そこで、体が少しよくなりかけると、地中海の温暖な岸辺に思いをはせつつ、女は夜中に窓を開けはなった。

今ではもう女は死にかけていて、自分でもそれを知っている。それでも女は幸福である。

女は、まだ開けていなかった新聞をひろげて見る。「パリに初雪」という見出しが目に入った。すると女は体を震わせ、それから微笑んだ。夕日をあびてバラ色に光っている、エストレルの山々を眺めやった。女は、青い、あくまでも青い大空を眺め、青い、青い広大な海を見つめ、そして立ち上がった。

それから、女は、咳をするため時どき立ち止まりながら、ゆっくりした足取りで帰って行った。それというのも、遅くまで戸外に居過ぎたからだった。だから寒かった。ちょっぴり寒かった。

夫から手紙が来ていた。女は相変らず微笑みながら、それを開けて読んだ。

愛する妻よ

元気で過ごしていることと思う。さぞかし、ぼくらの美しい土地に早く帰りたいと、思っていることだろうね。数日前から霜がおりだした。これは雪の到来を告げるよい前兆だ。ぼくはこの季節が大好きだ。だから、きみのあのいまいましい暖房装置は作動させないでいる……

自分にはあの暖房装置があるんだと思うと、すっかり幸福な気分になって、女は読むのをやめた。手紙を手にしていた右手がゆっくりと膝の上におろされ、女は左手を口もとに持っていった。まるで、胸を引き裂いてやまないしつこい咳をしずめようとするかのように。

(*Première Neige*)

首飾り

しがない月給とりの家庭などに、運命の神様が間違えたとしか思われないほど美しく、あだっぽい娘が生まれたりするものだ。彼女もそういう娘の一人だった。持参金もなければ、これといってあてになる遺産もなかった。裕福で立派な男と近づきになり、そういう紳士に理解され、愛され、妻に迎えられる術《すべ》とてもなかったので、文部省の平役人と結婚した。

着飾るだけのゆとりがなかったから、質素ななりをしていたが、まるで社会の落伍者のように不幸だった。そもそも女には、生まれや家柄の良し悪しなどないものだ。美貌、優雅さ、色っぽさなどが、門地、家格のかわりをする。生まれながらの優雅さ、お洒落《しゃれ》のセンス、融通のきく頭の働きなどが、女たちにとっては階級を意味するのだから、庶民の娘だって大貴族の夫人にひけをとらない。

洗練を極めた生活や、あらゆる種類の贅沢をしてもいいように生まれついていると感じていただけに、彼女はいつも不幸せだった。住居の貧しいこと、壁が貧弱で、椅子が傷んでいて、カーテンなども汚らしいことが、彼女にはたまらなかった。同じ階層に属するほかの女の場合なら、気にもしないこういうことが、彼女にとっては苦しみのもとなり、癪《しゃく》の種となった。ブルターニュ生まれの女中が、つましい彼女の住居を掃除するのを見るにつけ、情けないほどのくやしい思い、もの狂おしいほどの夢想の数々にとらえられてしまうのだった。中近東産のタペストリーを張りめぐらせ、青銅の大燭台が煌々《こうこう》と高みに輝き、ひっそりと静まりかえっているような応接間を彼女は夢想した。短い半ズボンをはいた背の高い従僕が二人、中央暖房《スチーム》の暖かさに眠気がさしたとみえて、大きな肘掛け椅子に腰をおろしたまま うとうととしている。彼女はまた、年代ものの高価な絹を壁に張りつめ、瀟洒《しょうしゃ》な家具と貴重な骨董品が置いてある大きな客間を思い描いた。あるいはまた、親しい友人たちが五時になると集まってくる洒落た小さな客間を夢見た。こういう集まりには、女という女がみなあこがれる、今をときめく有名人も顔を出すのだ。

夕食の時間になると、丸い食卓の前に座るのだが、彼女の前には夫が腰掛け、スープ鉢の蓋をとると、「や、うまそうなビーフシチューだな。料理はこいつにかぎるね」などと言ったりする。そういうとき、彼女は、素晴らしい晩餐会や、きらめくばかりの銀食器を夢想し、古代の人物や、妖精の森のめずらしい鳥が一面に刺繡されているタペストリーなどに、思いをはせるのだった。ピンク色をしたマスの身や、ライチョウの手羽肉などを食べながら、彼女は素敵な食器に盛られた豪華な料理を夢見、男たちに甘い言葉をささやかれて、謎めいた微笑を浮かべている自分の姿を思い描いたりした。

彼女にはろくな衣装もなかったし、宝石など何ひとつ持っていなかった。ところが、彼女はそういうものが大好きで、そういうものを身につけるためにこそ、この世に生まれてきたように感じていた。それほどまでに彼女は人に気に入られ、うらやましがられたかった。人をひきつけ、人にちやほやされるのが大好きだった。

彼女には裕福な女友達が一人いた。修道院付属の女学校時代の友人だったが、あまり会いに行きたくなかった。家に帰って来たあとでつらい思いをさせられたからだ。その女友達に会ったあとでは、せつなくて、くやしくて、絶望と悲嘆にとらえられ、いく日も泣いて暮らしてしまうのだった。

ところがある日の夕方のこと、夫が得意気な様子で家に帰って来た。大きな封筒を手にしている。

「きみにいいものを貰ってきたぜ」と、夫が言った。

彼女が急いで封を切ってみると、つぎのような文章を印刷したカードが出てきた。

「来たる一月十八日月曜日、大臣官邸にて夜会を開催いたしますので、ご来駕たまわりたく、文部大臣ならびにジョルジュ・ランポノー夫人は、ロワゼル氏ならびに同夫人にご案内申し上げるものであります」

夫の期待に反して、彼女は大喜びするどころか、いまいましげに招待状をテーブルの上にほうりだし、

「こんなもの、どうしろとおっしゃるの」と、つぶやいた。

「きみが喜ぶと思ったんだがね。きみはあまり人なかに出ないから、これはいい機会

だと思ったんだ。招待状を貰うのに、ずいぶん骨折ったんだぜ。みんな欲しがるからね。平《ひら》にはあまりくれないからひっぱりだこさ。行ってごらん。お偉方がみんな来ているよ」

彼女は、さも腹立たしげに夫の顔を見、いらいらした様子でこう言い放った。

「そんなところに、何を着て行けばいいのよ」

夫もそこまでは考えてみなかった。

「芝居に行くときに着るのがあるじゃないか。とても素敵だと、ぼくは思うけれど……」と夫はつぶやいた。

妻が泣いているのを見て、夫はびっくりし、どぎまぎしてしまった。大粒の涙が二つ、目の縁から口の端へとゆっくり流れ落ちていった。

「ど、どうしたんだ、いったい？」と、夫は口ごもった。

妻のほうは、大変な努力でもって苦しい気持をおさえ、涙に濡れた頬をぬぐいながら、静かな声でこう答えた。

「なんでもないのよ。ただ、衣装がないから、この夜会には行かれないのよ。招待状はどなたかにさし上げて。あたしなどよりは衣装もちの奥さんのいる方にね」

夫は、がっかりし、こう言った。

「ねえ、マチルド。いったい、いくらぐらいするものなんだい？　贅沢なものじゃないけれど、ほかの場合にも着られるような、悪くない衣装ってものは」

妻は、しばらく考えこんでいた。いろいろ計算すると同時に、いくらと言えば、倹約家の下級役人である夫に、驚きのあまり叫び声をあげられずにすみ、即座に断られたりしないかを考えていたのである。

妻は、ためらいがちにこう答えた。

「よくわからないけど、四百フランもあればなんとかなると思うわ」

夫はすこし青ざめた。というのも、ちょうどこの値段で銃を買おうと思って、貯金してあったからだ。友人たちのなかには、ナンテール（パリ西方の郊外。十九世紀末には、小物のとれる猟場だった）の野原に、日曜ごとにヒバリを撃ちに行くものがいて、自分もこの猟に加わりたいと思っていたのだ。

しかし夫は言った。

「いいとも。四百フラン出すよ。せいぜいきれいなドレスを買うことだね」

夜会の日が近づいて来た。ロワゼル夫人は、悲しげで、不安そうで、心配そうだった。しかし、衣装のほうはすっかりととのっていたのだ。ある晩、夫が言った。

「どうしたんだい。三日ばかり前から、様子が変だよ」

するとと妻がこう答えた。

「だって宝石がないんですもの。つまらないわ。身につけるものが何もないのよ。ひどくみすぼらしく見えるにちがいないわ。あたし、夜会に行くのやめようかしら」

夫がこう言った。

「花をさして行けばいいじゃないか。今の季節にはとても洒落ているよ。十フランも出せば、素晴らしいバラが、二、三本買えるからね」

妻のほうは納得しなかった。

「いやよ……お金持の奥さん方のなかで、貧乏たらしい様子をしているくらい、恥ずかしいことはないわ」

すると夫が大きな声で言った。

「きみも馬鹿だなあ。フォレスティエさんに頼んで、宝石を借りてくればいいじゃないか。親しい仲なんだから、そのくらいのことは頼めるだろう」

妻は、嬉しそうな叫び声をあげた。

「そうだったわね。あたし、思いつかなかったわ」

その翌日、妻は女友達のところに行き、自分の窮状を訴えた。

フォレスティエ夫人は、鏡つきのクローゼットのほうに行くと、大きな宝石箱を持って来て、それを開け、

「お好きなのを選んでちょうだいな」と、言った。

彼女は、はじめ腕輪を見、それから真珠の首飾りや、金と宝石をあしらった素晴らしい作りのヴェネツィア製十字架などを見た。鏡の前に立って身につけてみたが、外してしまうのが惜しくて、ためらっていた。

「ほかにはもうないの」と、彼女が訊《たず》ねた。

「ありますとも。ご自分で探してみて。どれがお気に召すか、あたしにはわからないもの」

突然、彼女は、黒繻子《くろじゅす》を張った宝石箱のなかに、素晴らしいダイヤモンドの首飾りを見つけた。すると、是が非でもそれが欲しくなって、胸がどきどきしてきた。それを手にすると、手が震えだした。ドレスの立ち襟のまわりにかけてみると、鏡にうつった自

分の姿にうっとりとしてしまった。

彼女は、おずおずと不安げに訊ねた。

「これ、貸してもらえるかしら。これだけでいいんだけれど」

「いいわよ、もちろん」

彼女は、女友達の首にとびつくと、感激のあまり接吻し、その宝石をかかえると逃げるように帰って行った。

夜会の当日となった。ロワゼル夫人は、大成功を博した。夫人は誰よりも美しく、優雅で、品がよくて、にこやかであった。そして嬉しさのあまり有頂天になっていた。男という男が、夫人の姿を見つめ、その名を訊ね、紹介されたがった。大臣官房の補佐官たちはみな夫人とワルツを踊りたがり、大臣までが注目した。

夫人は、喜びに酔いしれ、夢心地で踊り狂った。夫人は、美貌ゆえの勝利や成功の名誉にうっとりとし、雲のようにひろがる幸福感につつまれて、もはや何も考えなくなっていた。それは、自分に向けられた賛美の言葉や、男たちの感動と目覚めた欲望などによってかもしだされる幸福感だった。女心にとってじつに甘美な、あの完璧な勝利というものだったのである。

朝の四時頃、夫人は会場を後にした。夫はというと、夜中の十二時以降は、ほかの三人の男たちとともに、人のいない小さな客間で眠っていた。その間、この連中の奥方たちは大いに楽しんでいたわけだった。

夫は、帰りの用意にとかねて持参のコートを夫人の肩にかけてやった。それは普段着の質素なコートで、舞踏会用の優雅な衣装には全くそぐわないものだった。夫人はそれが気になり、贅沢な毛皮のコートに身を包んだほかのご婦人がたに見られたくなかったので、その場を逃げ出したいように思った。

ロワゼルが、妻をひきとめた。

「ここで待っているといいよ。外に出ると風邪をひくから。ぼくが辻馬車を探してこよう」

だが、夫人は、夫の言葉には耳もかさず、急ぎ足で階段をおりた。通りに出てみると、馬車が見つからなかった。二人は、馬車を遠くに見かけると、大声で呼んだりしながら、馬車を探した。

二人は、ぶるぶる震えながら、絶望的な気持になって、セーヌ川のほうにおりて行った。ようやく、河岸《かし》で、古い小型馬車を見つけた。その古馬車は、自分のみじめな姿を恥じるかのように、昼間のパリでは見かけることのない、夜専門の馬車だった。

この馬車に乗って、二人は、マルティル通りの自宅の前まで戻り、悲しい気分で、階段を上がった。夫人にとって、楽しみは終わりだった。亭主のほうも、明朝十時には、役所に行っていなくてはいけないな、と考えていた。

彼女は、肩にはおっていたコートを鏡の前で脱いだ。はなやいだ自分の姿をもう一度鏡にうつして見るためだった。不意に夫人は、叫び声をあげた。かけていたダイヤモンドの首飾りがないのだ。

もうなかば服を脱いでいた亭主が、

「どうしたんだい」と、訊ねた。

夫人は、気も狂わんばかりの様子で亭主のほうを向き、

「あの、あの、フォレスティエさんの首飾りがないのよ」と言った。

亭主も驚いて立ち上がった。

「なんだって！　どうしてだ！……そんなはずはない！」

二人は、ドレスのひだや、コートの折り目やポケットのなかなど、どこもかしこも探

した。首飾りは出てこなかった。

夫が、

「会場を出るときには、たしかにあったのかね」と訊ねた。

「ええ、あったのよ。官邸の玄関でさわってみたんだから」

「しかし、通りで落としたんなら、音が聞こえたはずだ。辻馬車の中に忘れてきたにちがいない」

「そうかもしれないわ。辻馬車の番号を覚えている?」

「いや、覚えていない。きみは番号を見なかった?」

「見てないわ」

二人は、打ちひしがれたようになって、顔を見合わせた。ロワゼルはもう一度服を着て、言った。

「歩いて通った道をもう一度歩いてみる。もしかしたら見つかるかもしれない」

夫は出かけて行った。彼女のほうは、寝に行く元気すらなかった。火もたかない部屋で、夜会服を着たままぐったりとして椅子に座っていた。

朝の七時頃、夫が戻って来た。何も見つからなかったのだ。

夫は、警視庁にも行ったし、懸賞広告を頼みに新聞社にも行った。辻馬車の会社をはじめ、すこしでも手がかりのつかめそうなところはみな行ってみた。

恐ろしい災難を前にして、相変らず気を動転させたまま、彼女は一日じゅう待ち暮らした。

日の暮れ方、ロワゼルは、青ざめ、やつれた顔で、帰って来た。何も発見できなかったのだ。

「きみの友達に手紙を書かなくちゃいけない。首飾りの止め金を壊したから、修繕に出してあると言うんだね。それでなんとか時間が稼げる」

女房は、夫の口述する通りに手紙を書いた。

一週間後、夫婦はあらゆる希望を失った。

五つも年とって見えるようになったロワゼルが言った。

「あの首飾りの代わりを見つけなくちゃいかん」

翌日、夫婦は、首飾りが入っていた箱を持ち、箱の中に書いてあった名前をたよりに宝石商を訪れた。宝石商は、帳簿を調べ、

「その首飾りを売ったのは、私どもではございません。私どもはただ、箱をお売りし

ただけでございます」と、言った。

それから、二人は、ほうぼうの宝石商を訪ね歩き、記憶を頼りに、似たような首飾りを探し求めた。苦労と心配で、二人とも半病人になっていた。

パレ・ロワイヤル（パリ中心部の商店街）のとある店で、二人は、探している首飾りにまったくそっくりのものを見つけた。値段は、四万フランだったが、三万六千フランまでならまけてもいいという話だった。

夫婦は、宝石商に、三日間はほかの人に売らないように頼んだ。また、最初の首飾りが、二月末よりも前に見つかった場合には、三万四千フランで引き取ってもらえるよう話をつけた。

ロワゼルは、父親からの遺産を一万八千フラン持っていた。足りない分は人に借りるしかなかった。

夫は、ある人からは千フラン、他の人からは五百フラン、こちらで百フラン、あちらで六十フランというふうに借金をした。何枚も手形を書き、身の破滅となりかねない証文をいれ、高利貸しや、あらゆる種類の金融業者にかけあった。夫は、自分の後半生をあやういものにし、返済のあてすらないのに、署名をした。将来にたいする不安におののき、自分の上に襲いかかろうとしている悲惨な生活におびえ、あらゆる物質的な窮乏と、あらゆる精神的な苦痛を思って暗然としつつ、代わりとして返すための首飾りを買いに行き、宝石商のカウンターの上に三万六千フランを並べた。

ロワゼル夫人が、フォレスティエ夫人のところに首飾りを返しに行くと、フォレスティエ夫人は、気を悪くした様子でこう言った。

「もっと早く返して下さってもよろしかったのに。あたしだって入り用なことがあったかもしれないのよ」

フォレスティエ夫人は、宝石箱を開けてみようとはしなかった。じつは、それこそロワゼル夫人が恐れていたことだった。首飾りが別ものだということに気づいたら、夫人はなんと思うだろう、なんて言うだろう、自分のことを泥棒だと思いはしないかしら、などとびくびくものだったのである。

ロワゼル夫人は、恐るべき貧乏暮らしを味わうことになった。夫人は、けなげにもたちまち一大決心をしてのけた。とんでもない額のこの借金を返さねばならないのだ。だから返してみせる。女中には暇をだした。住まいも換え、屋根裏部屋を借りた。

夫人は、家事の重労働に耐え、いまわしい台所仕事にはげんだ。皿洗いもやった。油じみた食器や、鍋の底をごしごしこすって、バラ色の爪を台無しにした。汚れた下着や、シャツや、ぞうきんを石鹼で洗い、ロープに吊るして乾かした。毎朝、通りまでゴミを下ろし、それから水を下から運び上げたが、一階ごとに立ち止まって、息をつかねばならなかった。夫人は、まるで下層階級の人間のようななりをして、果物屋だの、食料品店だの、肉屋だのに行った。買い物籠を腕にかけ、品物を値切り、ののしられながらもとぼしい金を一スーですら節約しようとした。

毎月、手形を払い、手形を書き換え、時間を稼がねばならなかった。

夫は、夕方からある商店の帳簿を清書する仕事をやり、夜は夜で、一ページ五スーで筆耕のアルバイトをやった。

こういう生活が十年間続いた。

十年たった頃、夫婦はすべての借金を返し終えた。高利貸しの利息も、利息が重なって大きくなった借金もすべて返し終わった。

今では、ロワゼル夫人はおばあさんのように見えた。貧しい家庭によく見られる、てごわくて、頑固で、荒っぽい女になっていた。

髪の毛にはろくに櫛《くし》もいれず、スカートが曲がっていようとかまわず、手を赤くし、大声でしゃべり、床を水でじゃぶじゃぶと洗った。しかし、夫が役所に行って留守の折りなど、時には、窓辺に座り、自分があんなにも美しく、あんなにもちやほやされたあの日の夜会のこと、あの舞踏会の夜のことを思い出すのだった。

あの首飾りをなくさなかったら、どうなっていただろうか。そんなこと、誰にわかろうか。人生ってなんておかしなもの、変わりやすいものなんだろう。ほんの些細《ささい》なことがもとで、ひどい目に遭ったり、助かったりするものなんだ！

さて、ある日曜日のこと、一週間働いたあとの骨休めに、シャン＝ゼリゼ通りを散歩していると、子供づれの女を不意に見かけた。フォレスティエ夫人で、昔に変わらず若々しく、なまめかしかった。ロワゼル夫人は胸をどきどきさせた。話しかけようかしら？　もちろんだ。借金は返し終わったのだから、何もかも話してしまおう。かまわないではないか。

ロワゼル夫人は近づいた。

「今日は、ジャーヌ」

相手は、こちらが誰だかわからず、こんな下層の女になれなれしく話しかけられたのにびっくりして、口ごもりながら、

「でも……あなたを……存じ上げておりませんが……何かのお間違いで……」と言った。

「いいえ、あたしよ、マチルド・ロワゼルよ」

相手は思わず大声をあげた。

「まあ、マチルドじゃないの。可哀相に、すっかり変わってしまって!」

「そうよ、あなたと会わなくなってから、とてもつらい生活だったわ。ずいぶん貧乏暮しをしたの……それもあなたのせいなのよ」

「あたしのせい? それはまたどうして」

「役所の舞踏会に出るために、あなたから借りたダイヤモンドの首飾りのこと覚えているでしょう」

「覚えているわ。それがどうかして?」

「あたし、あれ、なくしちゃったのよ」

「まさか。だって返して下さったじゃないの」

「よく似た別のを返したのよ。その代金を支払うのに十年かかったってわけ。あたしたち、財産がなかったから、容易なことじゃなかったわ……でもやっと終わったの。だから、あたし、とても満足してるわ」

フォレスティエ夫人は、はたと足をとめた。

「すると、あたしの首飾りの代わりにするために、べつのダイヤモンドの首飾りを買ったとおっしゃるの？」

「そうよ。気がつかなかったでしょう。ほんとにそっくりでしたもの」

こう言って彼女は、いかにも誇らしげな、嬉しそうな様子で、にっこりと笑った。

フォレスティエ夫人は、よほど感動したとみえ、友達の両手をつかんだ。

「可哀相に、マチルド。あたしの首飾りは偽ものだったのよ。せいぜいで五百フランのものだったのよ……」

(*La Parure*)

ソヴァージュばあさん

ジョルジュ・プーシェ*に捧ぐ

1

ヴィルローニュには、十五年も足を向けていなかったのだが、去年の秋のこと、友人のセルヴァルを訪れ、一緒に猟でもしようかと思って出かけたのだった。セルヴァルの館《やかた》は、プロシャ兵（プロシャは、普仏戦争後、ドイツ帝国の中核となったので、本篇では、ドイツと同義）に破壊されたが、その再建がようやくなったという事情もあった。

* 国立自然史博物館比較解剖学教授。一八三三―一八九四年。

ぼくは、この地方がたまらなく好きだ。世の中には、見るものの目に官能的と言えるほど魅力的な土地が存在する。こういう土地にたいする愛着は、肉感的なものですらある。ぼくらは、土地に魅せられてしまうと、泉だの、森だの、池だの、丘だのにたいして、情のこもった思い出をもつようになる。何度も目にしたこれらの風景は、人生の幸福な出来事さながらに、かつてぼくらの心を感動で満たした風景なのだ。時として、思い出は、森の片隅や、土手の一隅や、花の乱れ咲く果樹園のほうへと帰っていく。ちょうど、春の朝、肌の透けて見えるような明るい色の衣装をまとった女に町でふと出会い、その面影が忘れられなくなって、ぼくらの心と体のうちに、満たされない欲望というか、人生の幸福とすれちがった感じというか、そんな気持を残すように、明るく晴れた日に一度見かけただけの風景なのに、それがいつまでもぼくらの心に残ったりする。

ヴィルローニュでは、ぼくは田園風景の何もかもが好きだった。小さな森があちらこちらに散在し、大地に血液を送る血管のように、小川が原野を横切っていた。小川では、ザリガニだの、マスだの、ウナギだのがとれた！　なんという幸せだろう！　おまけにところどころに泳げる場所まであった。また、この小川のほとりに生える背の高い草のなかには、しばしばタシギがひそんでいた。

ぼくは、二匹の猟犬が、地面をくんくん嗅ぎまわりながら前方を行くのを眺めつつ、ヤギのように身も軽々と進んで行った。友人のセルヴァルは、右手百メートルばかりのところにあるウマゴヤシの畑で獲物を探していた。ぼくは、ソードルの森のはずれの灌木の茂みを迂回した。すると、廃墟と化した藁《わら》葺《ぶ》き屋根の家が見えた。

突然、ぼくは、一八六九年（普仏戦争の始まった年の前年）に、この家を最後に見かけたときのことを思い出した。当時、この家は、こざっぱりとして、壁にはブドウの蔓《つる》がからみ、戸口にはめんどりがいた。陰気にくずれかかった骨組みだけをそのままに残して崩壊してしまった家ほど、またと悲しいものがあろうか。

ぼくはまた、ひどく疲れたある日のこと、その家で一人のおばあさんから、ブドウ酒をご馳走になったことや、その折り、セルヴァルが、その家の住人たちの話をしてくれたのを思い出した。おやじは、年とった密猟者で、警官に射殺された。息子は、以前ぼくも会ったことがあるが、背の高い痩せた男で、これまたあくどい密猟者であった。世間では、彼らのことをソヴァージュ（野蛮人の意）と呼んでいた。

あれは本名だったのか、それとも仇名だったのか。

ぼくは、セルヴァルを大声で呼んだ。セルヴァルは、独特のひょろ長い脚ですたすたとやって来た。

ぼくは、セルヴァルに、

「あの家の住人はどうなったんだい」と訊《たず》ねた。

するとセルヴァルは、つぎのような話をしてくれた。

2

戦争が始まると、当時三十三歳だった息子のソヴァージュは、母親を一人家に残したまま、志願して軍隊に入ってしまった。ばあさんをあまり気の毒に思う者はいなかった。ばあさんには金があることがわかっていたからね。

こんなわけで、ばあさんは、村からはずれた森のほとりの一軒家に、たった一人で残された。だが、ばあさんは、おじけづくような女じゃなかった。ばあさんもこの家の男たちと同じ種類の人間で、背が高く痩せていて、てごわい女だった。めったに笑顔を見せたことのない女で、村人もこのばあさんが相手ではうかつに冗談など言えなかったね。そもそも、農村の女というものはあまり笑わないものなんだ。笑うっていうのは男のすることなんだな。農村の女たちの生活は陰気で、楽しいこともないから、心はいつも暗く閉ざされている。亭主のほうは、多少は騒々しく陽気にふるまう術《すべ》を、酒場などで身につけるが、女房は、いつもむつかしい顔をして真面目《まじめ》くさっているんだ。女房たちの顔の筋肉は、笑うための動きを教わっていないみたいなんだな。

　ソヴァージュばあさんは、藁葺きの家でそれまでどおりの生活を続けていた。家はやがて雪に覆われた。ばあさんは、パンと少しばかりの肉を買うため、週に一度は、村に出てきた。そして自分の家に帰って行くのだった。村人からオオカミが出るという話を聞いたので、ばあさんは銃をかついで外出するようになった。それは息子が使っていた錆びかかった鉄砲で、取っ手は、手ずれですりへっていた。大柄なソヴァージュばあさんが、すこし前かがみになって、ゆっくりと大股で雪のなかを歩いて行く様子は、なかなかの見ものだったな。ばあさんの白髪頭は、いつも黒頭巾に包まれていたから、誰もばあさんの髪の毛を見たものはいない。頭巾の上に、鉄砲の銃身が、ぬっと突き出ていた。

　ある日のこと、プロシャ兵たちが進駐してきた。村人それぞれの資産や収入に応じて、兵隊が割り当てられた。ばあさんは金持だと、みんなにはわかっていたから、四人が割り当てられた。

四人ともよくふとった青年で、肌が白く、ブロンドのひげ、そして目は青かった。それまでずいぶんくたびれる思いもしてきたろうに、体はふとったままだったし、占領地にいるというのに態度はおとなしかった。ばあさんの家には、彼ら四人よりほかには誰もいなかったので、自然、彼らはばあさんにたいして親切に振舞うようになり、なるべくばあさんを疲れさせまい、むだな出費もさせまいと心がけるようになった。朝方、四人そろって、シャツ姿で、井戸のまわりで顔を洗っているのが見かけられた。雪晴れのキラキラする光のなかで、いかにも北国の人間らしい、バラ色がかった白い肌に水をじゃぶじゃぶかけていた。いっぽう、ばあさんのほうは、スープの支度のために行ったり来たりしているのだった。兵士たちはまるで、母親といっしょに暮らす四人の孝行息子のようで、台所を掃除し、床をみがき、薪《まき》を割り、ジャガイモの皮を剝き、下着を洗うなど、あらゆる家事を手伝う姿が見かけられた。

ところでばあさんのほうは、しょっちゅう自分の息子のことを考えていた。鷲鼻《わしばな》で、茶色の目をし、唇の上に黒々とした口ひげをたくわえ、痩せた大男である自分の息子のことを考えていたのだ。自分の家に寝泊まりしている兵隊の一人一人に、ばあさんは毎日のように訊ねたものだった。

「フランス歩兵第二十三連隊はどこへ行ったか知りませんかね。わしの息子はそこにおりますでな」

兵隊たちは、いつも「知りません。とんと知りませんね」と、答えるのだった。そして、彼らにも祖国には母親がいたので、ばあさんの苦労や心配がよくわかり、こまごまとばあさんの世話をやいてやるのだった。それにばあさんはこの四人のことを、敵兵であるにもかかわらず好いていた。農民というものは、愛国心ゆえに敵国を憎んだりはしないものだ。こういう感情は、上流階級のものなんだね。貧しい人々は、貧しいがゆえにもっとも高い代価を払わせられ、新規の負担が発生すると必ずそれに苦しめられるのだ。人口の大部分を占めるのは、こういう貧しい人々であり、大量に殺戮《さつりく》されるのも彼らなら、肉弾となって戦場の露と消えるのも彼らなのだ。弱いもの、力なきものであるがゆえに、戦争の恐るべき悲惨にもっとも苦しまねばならないのは貧しい人々なのだ。彼ら貧しい人々には、好戦的な感情などほとんど理解できないし、苛烈な功名心とか、六カ月もしないうちに、戦敗国はもちろんのこと、戦勝国も消耗しつくしてしまう、いわゆる政治的策謀など、とんと理解できないのさ。

ソヴァージュばあさんのところにいるドイツ兵の噂をするとき、村人たちは、

「あの四人はじつにうまいところに宿を見つけたもんだな」と言っていた。

ところがある朝、ばあさんが一人で家にいると、野原の遠くから自分の家のほうに向かってやって来る一人の男の姿が見えた。それが郵便配達人であるとわかるのに時間はかからなかった。配達人は、ばあさんに手紙を渡し、ばあさんは、裁縫のときに使う眼鏡をケースから取り出した。それからばあさんは手紙を読んだ。

拝啓　これは悲しいお知らせです。ご子息のヴィクトール君は、昨日弾丸に撃たれ、ほとんど真っぷたつとなって戦死されました。ヴィクトール君と小生とは、中隊でいつも一緒でしたから、その時も、小生はすぐそばにおりました。かねてよりご子息は、自分に万一のことがあったら、ただちにあなた様にお知らせするようにと、言っておられました。

ご子息のポケットにあった懐中時計をとっておいてあります。戦争が終わったあかつきには、お届けに参上するつもりでおります。　　敬具

歩兵第二十三連隊二等兵　セゼール・リヴォー

手紙の日付けは二週間前のものだった。

ばあさんは涙などこぼさなかった。ばあさんは呆然とし、うつけたようになってじっと動かず、あまりのことに、つらいとすらまだ思うことができなかった。ばあさんは「ヴィクトールは殺されちまったんだ」と考えていた。それから、すこしずつ涙が目にあふれて来た。そして悲しみが胸をしめつけた。つらく、恐ろしい考えが、つぎつぎと浮かんだ。自分の子、あの大男の息子を二度と抱きしめることができない！　警官が亭主を殺し、プロシャ兵が息子を殺した！　弾丸に当たって真っぷたつにされたのだ。するとそのときの様子、恐ろしい情景がありありと目に見えるような気がしてきた。目をかっと見開いたまま、首が落ちる。怒るといつもそうしたように、口ひげで覆われた口もとをぐっと噛み締めている。

息子の死骸はどうなったのだろう。亭主の死骸は、弾丸が額に残ったままの状態で返されてきたが、息子のほうだって、せめて死骸ぐらいは返してよこしたらいいのに。

人の声がばあさんの耳に入った。プロシャ兵たちが、村から帰って来たのだ。ばあさんはいそいで手紙をポケットに隠すと、ふだんどおりの顔つきで兵隊たちを迎えた。涙をちゃんとぬぐうだけの時間はあった。

兵隊たちは、四人とも上機嫌ではしゃいでいた。それというのも、どこで盗んできたものか、立派なウサギを持ち帰ってきたからで、ご馳走があるぞ、という意味の合図をばあさんにしてみせた。

ばあさんはすぐに昼食の用意にかかった。しかし、ウサギを殺す段になると、生まれて初めてというわけでもないのに、ばあさんには、殺す勇気が出なかった。兵隊の一人が、耳のうしろに拳骨をくらわせてウサギを殺した。

動物が死んでしまうと、ばあさんは、皮を剝《は》いで、赤い肉をむきだしにした。けれども、両手にべっとりとついた血を見、なまぬるかった血がやがて冷たくなり、凝固していくのを見ると、ばあさんは、足のつま先から頭のてっぺんまでがたがたと震え出した。ばあさんの目には、大男の自分の息子が真っぷたつとなり、このウサギと同様に体をひくひくさせ、真っ赤な血にそまっている様子が、ありありと見えていたのだ。

ばあさんは、プロシャ兵たちと一緒に食卓についたが、一口も食べることができなかった。兵隊たちは、ばあさんにはかまわず、ウサギをむさぼり食った。ばあさんは、兵隊たちを黙って横目で見ながら、考えを練っていたが、その顔にはなんの表情もあらわれていなかったから、兵隊たちは何も気づかなかった。

突然、ばあさんが、「ひと月も一緒におりますのに、あんたがたの名前も知りませんのう」と言った。兵隊たちは、さんざん骨折った挙句、やっとばあさんの言葉の意味をさとると、自分たちの名前を言った。でもばあさんは、それだけでは満足せず、兵隊たちの名前と家族の住所を、紙に書かせた。ばあさんは、大きな鼻に眼鏡をかけると、見慣れない文字をじっと見つめ、それから紙をたたみ、息子の戦死を知らせる手紙に重ねて、ポケットにしまった。

食事が終わると、ばあさんは、兵隊たちに、

「いいことをして進ぜますだ」と言った。

それから、兵士たちが寝泊まりしている屋根裏部屋に干し草を運び始めた。

兵隊たちはこの作業にびっくりしたが、こうすれば、暖かく眠れるのだと説明されて、自分たちも手伝い始めた。藁葺き屋根に届くほど、うずたかく干し草が積まれた。兵隊たちはこうして、四方を干し草の壁に囲まれた寝室のようなものを作り上げた。ぽかぽかとしていい匂いがし、寝心地満点のように思われた。

夕食のときも、ソヴァージュばあさんは、やはり何も食べなかったので、兵隊の一人が心配すると、ばあさんは、胃痙攣《いけいれん》なのだと言った。それから体を暖めるために火をた

っぷりとたいた。四人のドイツ兵たちは、毎晩使用している梯子《はしご》をつたって、自分たちの寝部屋に上がって行った。

揚げ板が閉ざされると、ばあさんは梯子を外した。それから外に出る扉をそっと開けると、干し草の束を取りに行き、台所を干し草でいっぱいにした。ばあさんは、裸足のまま雪のなかを音もなく往来したので、物音に気づくものは誰もいなかった。時どき、ばあさんは、眠っている四人の兵士たちの不揃いな、うるさいほどのいびきに耳をかたむけた。

準備がすっかりととのったと見るや、ばあさんは干し草の束を一つ、かまどのなかに投げこみ、火がつくと、それをほかの束の上にばらまいた。それからおもてに出てじっと見つめた。

藁葺き屋根の家の内部がまたたく間にぱっと明るくなった。つぎに家は、恐るべき火のかたまりとなり、燃えさかる巨大なかまどのようなものとなった。小さな窓からは、火がほとばしり出て、雪の上にまばゆいばかりの光を投げかけた。

ついで家の上のほうから大きな叫び声があがったと思うと、その叫び声は、人間が発する喚《わめ》き声、苦痛と恐怖に満ちた悲痛な声に変わった。やがて揚げ板が落ちると、渦巻くばかりの火焔が屋根裏部屋に突き抜け、藁屋根を破り、巨大な松明《たいまつ》の炎のように空中高く舞い上がった。家全体が燃え上がった。

屋内からは、火のはぜる音、壁がくずれる音、梁《はり》が落ちる音などのほかには何も聞こえてこなかった。たちまち屋根が落ちた。すると骨組みだけとなった家は、燃えさかりつつ煙を噴き上げ、大きな羽根飾りのような火花を空中にばらまいた。

火に照らされた白い原野は、まるで朱《あけ》に染まった銀の海のようだった。

遠くで警鐘が鳴り始めた。

年老いたソヴァージュばあさんは、焼け落ちた自宅の前に突っ立っていた。兵隊のうちの一人でも逃げ出してきた場合にそなえ、息子の残していった銃をかまえていた。

もう大丈夫と見てとると、ばあさんは銃を猛火のなかにほうり込んだ。一発の爆発音が聞こえた。

百姓や、プロシャ兵たちが駆けつけてきた。

ばあさんは、落ち着き払い、満足げな様子で木の幹に腰をおろしていた。

フランス人のようにフランス語を話すドイツ士官が、ばあさんに訊ねた。

「兵隊たちはどこにいる?」

「あのなかだよ」

みんながばあさんのまわりを取り囲んだ。プロシャ軍の士官が、

「どうして火事になったのかね」と訊ねた。

ばあさんは、

「わしが火をつけたからだよ」と言った。

ばあさんの言うことを誰も信じなかった。惨事のせいで頭がおかしくなったのだとみんな思った。するとばあさんは、起こったことのすべてを語った。つまり、みんながまわりをとり囲んで耳を傾けるなかで、初めから終わりまで、手紙が着いたときから、家もろともに燃えつきた男たちの最後の叫び声にいたるまでを語ったのだ。ばあさんは自分の感じたこと、やったことについて、何ひとつとして省きはしなかったね。

ばあさんは、語り終えると、ポケットから二枚の紙を取り出した。眼鏡をかけると、よく見えるように、紙をまだ燃え残る火にかざし、「これが、ヴィクトールの戦死の知らせだよ」と言って、一枚の紙を示した。つぎにもう一枚の紙を見せ、赤い火事あとのほうをちょっと目顔で示してから、「あの人たちの名前がここにあるから、それぞれの家の人たちに一筆書いてもらいたいんだ」とつけ加えて言った。ばあさんは、自分の肩

をつかんでいる士官に、落ち着き払って紙をさし出しながら、さらにこう言った。

「ありのままに書いてもらいたいね。あの人たちの親御さんたちに、これをやったのはわしだと、はっきり書いてもらいたいのさ。やったのは、ヴィクトワール・シモン、ソヴァージュばあさんだ。お忘れでないよ」

士官がドイツ語で何か命令を叫んだ。ばあさんはつかまえられ、余熱の残る壁の前に立たせられた。それから十二人の兵士が、二十メートル離れたところに急いで整列した。ばあさんは身動き一つしなかった。覚悟を決めて待っていたのだ。

命令の声が響き、そのあと銃声がしばらくの間鳴り渡った。ほかの銃声が消えたあと、一発だけ遅れて鳴った。

ばあさんは倒れはしなかった。まるで足でもすくわれたかのように、その場にくずおれた。

プロシャ軍の士官がそばに寄って行った。ばあさんは、ほとんど真っぷたつに体を割られ、手には、血にまみれた手紙を握りしめていた。

友人のセルヴァルが、つけ加えるようにこう言った。

「ドイツ兵が、うちの館を破壊したのも、この事件の腹いせのようなものだったのさ」

ぼくはと言えば、家のなかで焼き殺された、四人のやさしい青年たちの母親のことを考えていた。そしてまた、壁の前に立たされ、銃殺された、もう一人の母親の恐るべき勇気のことも考えていた。

それからぼくは、火に焼けて黒くなった小石を一つ拾った。


(*La Mère Sauvage*)

帰郷

海は、単調な波で小刻みに岸壁をたたいている。小さな白い雲が、疾風《はやて》にあおられ、青い空を鳥のように飛んでいく。谷は、海に向かってくだっている。谷間《たにあい》の村は、日をあびてぬくぬくと暖まっていた。

村はずれの街道ぎわに、マルタン＝レヴェックの家が一軒だけぽつんとたっている。それは、ちっぽけな漁師の家で、壁は粘土をかためたもの、屋根は藁葺《わらぶ》きで、そこに青いアヤメなどがはえていた。猫の額ほどの小さな庭が入口のところにあり、タマネギ、キャベツ、パセリ、セりなどが植わっている。生け垣が、庭と街道との仕切りになっていた。

亭主は漁に出ている。女房は、あばら屋の前で、褐色の大きな漁網《ぎよもう》の目のほころびをつくろっていた。漁網はまるで大きなクモの巣のように、家の壁に張りつけてあるのだ。十四歳になる小娘が、入口の庭のところで、藁張りの椅子に腰かけ、背中を柵にもたれさせて、下着をつくろっている。ほうぼうにつくろったあとのあるぼろぼろの下着である。一歳ばかり年下のもう一人の女の子が、子供を腕にかかえてあやしている。子供は身ぶりもできず、口もきけないほんの赤ん坊だ。二、三歳の幼児が二人、地べたに座りこみ、鼻と鼻をつきあわせるようにして、無器用な手で庭いじりをしている。たがいの額に、泥のかたまりを投げつけあったりしていた。

誰も口をきかない。ただ、寝かしつけようとして女の子があやしている赤ん坊だけが、か細い声で、ヒーヒーと泣き続けているばかりだ。窓のところでは、猫が眠っている。壁ぎわでは、アラセイトウの白い花が咲いて見事な群れをなし、その上で蜜蜂がぶんぶんうなり声をあげている。

入口のそばでつくろいものをしていた小娘が、突然、

「かあちゃん!」と呼んだ。

「どうしたんだい」と、母親が答えた。

「あの人、また来たよ」

男が一人、家のまわりをうろついているので、母娘《おやこ》は、今朝がたから不安でしようがなかった。それは、いかにも貧しげな老人だった。母娘は、父親の出船を手伝いに行ったとき、すでにその男に気づいていた。男は、戸口の前にあるどぶのそばに腰をおろしていた。彼女らが、浜から帰ると、男はしげしげと家を見ながらまだそこにいた。

男は、病身らしく、おまけにいかにも貧しげだった。一時間以上ものあいだ男はそこを動かなかった。それから、怪しいやつと思われているのがわかったらしく、立ち上がり、片足をひきずりながら立ち去った。

けれども、男がいかにも疲れた様子で、またゆっくりとやって来るのが、母娘の目に入った。男は、彼女らの様子をうかがっているらしく、今度は、やや離れたところに腰をおろした。

母親と娘たちは、こわくて仕方がなかった。とくに母親のほうは、生来こわがりでもあったし、亭主のレヴェックが、夜にならなければ海から帰らないこともあって、おびえきっていた。

亭主の名前は、レヴェックといった。女房はマルタンという名前だったから、二人を呼ぶときはマルタン＝レヴェックといいならわしていた。というわけは、女房は、最初、マルタンという名の漁師と結婚したからだった。マルタンは、毎年、夏になると、ニューファンドランド（カナダ東部地方）方面のタラ漁に出かけた。

結婚して二年たった頃、女は娘を一人もうけた。さらにもう一人の子をみごもって六カ月になっていた頃、亭主を乗せた船が行方不明になった。それは、ディエップ（英仏海峡に面した港）を母港とする二本マストの帆船で、「ふたり姉妹号」という名の船だった。

船の行方はいっこうに知れなかった。船に同乗したものは、誰一人戻って来なかったので、この船は、乗組員もろとも沈没したものと見なされた。

マルタンの女房は、苦労して二人の子を育てながら、亭主の帰りを十年待った。彼女は、働きもので心のやさしい女だったから、そこを見込んで、土地の漁師のレヴェックが結婚を申し込んだ。レヴェックもやもめで、男の子が一人あったのだ。彼女は結婚し、三年間にレヴェックの子を二人もうけた。

二人の生活は、つらくて苦労の多いものだった。パンは高くついたし、この家では肉などめったに見かけなかった。突風の吹く冬の季節には、時どきパン屋に借金ができた。

しかし、子供たちは元気だった。世間ではこう噂した。

「マルタン＝レヴェックの夫婦は感心なものだよ。かみさんのマルタンは、働きものだし、亭主のレヴェックの漁の腕前はたいしたもんだ」

入口の柵のところにいた小娘が言った。

「あの人、なんだかあたしたちのこと知っているみたいだよ。エブルヴィルかオーズボスク（いずれもノルマンディー地方の町）あたりの貧乏人にちがいないわ」

しかし、母親の勘に狂いはなかった。いや、あれは、ぜったいにこのあたりの土地のもんじゃあない！

男が少しもその場を動こうとせず、マルタン＝レヴェックの家をあんまりしつこく見つめていたものだから、かみさんは腹がたってきた。恐怖心のあまり、かえって度胸がすわったとみえて、かみさんはスコップを手にすると、戸口に出て行った。

「あんた、そこで何をしているのかね」と、かみさんは浮浪者に向かって叫んだ。

男は、

「涼んでいるんだ。迷惑かね」と、しわがれ声で答えた。

「あたしたちの家の前で、なんで見張るような真似をするのかね」と、かみさんがまた言った。

「わしは、誰にも迷惑をかけてないよ。道路に座ってちゃあいけないのかね」

かみさんは、返事につまって家のなかに戻った。

一日がゆっくりと流れた。昼頃、男は姿を消したが、五時頃にまたやって来た。日が暮れてからは、姿を見せなかった。

夜になって、レヴェックが帰って来た。男のことを話すと、

「物好きか、怪しいやつか、どっちかだな」と断定した。

そして、たいして気にもせず寝てしまった。しかしかみさんのほうは、自分のことを妙な目つきで、しげしげと眺めていたあの浮浪者のことを考えていた。

夜が明けると、大風が吹いていた。そこで漁師は、海に出るのを見あわせ、かみさんを手伝って、漁網のつくろいをすることにした。

九時頃、パンを買いに出ていた長女が、血相を変え、走って戻って来た。そして、

「かあちゃん、またあの人来てるよ」と、叫んだ。

母親は、はっとして顔を青ざめさせ、亭主にこう言った。

「行って話をつけて来ておくれな。こうじろじろ見られちゃたまらないよ。やめてもらいたいからね」

亭主のレヴェックは、赤銅色に日焼けした背の高い漁師で、赤毛のひげが濃かった。青い目に小さな瞳だけが黒く、首が太い。沖に出たときの雨風を防ぐ用心に、いつも毛織りの上着を着ていた。彼は、落ち着いた足取りで家を出ると、浮浪者のほうに近寄って行った。

二人の男は話を始めた。

母親と子供たちは、心配のあまり震えつつ、遠くからその様子を見守っていた。

突然、見知らぬ男は立ち上がり、レヴェックと連れだって、家のほうにやって来た。

かみさんは、おびえて後ずさりした。亭主がかみさんに言った。

「パンと、リンゴ酒を一杯出してやんな。おとといからなんにも食べてないんだとさ」

二人の男は、家のなかに入り、そのうしろからかみさんと子供たちがついて行った。浮浪者は腰をおろし、みんなに見守られるなかで、うつむいて食べ始めた。

母親は、立ったまま、男の様子をじっと見つめていた。マルタンの姓をもつ年上の娘たちのうちの一人は、末の子を抱いていた。そして二人とも、扉によりかかって、男のほうをむさぼるように見つめていた。暖炉の灰のなかに座り込んで、黒ずんだ鍋で遊んでいた二人の子供たちも、この見知らぬ男を見ようとしてか、遊ぶのをやめていた。

レヴェックは、椅子に腰掛けると、男に訊《たず》ねた。

「すると、ずいぶん遠くから来たのかね?」

「セート(地中海に面する港)から来たのだ」

「歩いて来たのか?」

「うん、歩いて来た。金がないんだから仕方がない」

「で、どこへ行くのかね?」

「ここに来たのだ」

「この土地に誰か知り合いでもあるのかい?」

「まあね」

二人とも黙りこんだ。男は、空腹だったのにゆっくりと食べた。パンを口にするたびごとに、リンゴ酒をひと口飲んだ。男の顔は、やつれ、皺《しわ》だらけで、いたるところに窪みができていた。ひどく苦労したにちがいなかった。

レヴェックが不意に訊ねた。

「あんたの名前はなんていうのかね?」

男は、うつむいたまま答えた。

「マルタンというのだ」

母親は異様なおののきにとらえられた。母親は、浮浪者を間近から見ようとするかのように、一歩前に進み出た。そして、口をぽかんと開け、両手をだらりとたらしたまま、じっと男の前に立ちつくしていた。もう誰も口をきかなかった。しまいにレヴェックが言った。

「あんたは、この土地のものかね?」

男は答えた。

「この土地のものだ」

男が顔を上げると、女房の目と男の目が合った。すると、視線がからみあいでもしたかのように、どちらの目も相手を見つめたままじっと動かなくなった。

不意に、女房が、低い、しわがれた震え声で訊ねた。

「あんたなの?」

男は、ゆっくりと、一語一語を区切るように言った。

「うん、おれだ」

男は、身動きもしないまま、相変らずパンを嚙んでいる。

レヴェックは、心を動かされたというよりも、むしろびっくりしてしまって、口ごもるように言った。

「すると、あんたがマルタンなのか？」

相手は、さりげない口調で言った。

「うん、そうだ」

すると、二度目の亭主が訊ねた。

「じゃあ、あんたはどこから来たのかね？」

最初の亭主が語り始めた。

「アフリカの海岸から来たのだ。おれたちの船は、暗礁に乗り上げて沈んだ。助かったのは、ピカールと、ヴァティネルと、おれの三人だけだった。おれたちは、蛮人につかまって、十二年間放してもらえなかった。そのあいだに、ピカールとヴァティネルは死んだ。イギリス人の旅行者が、通りすがりにおれを助け、セートまで連れて来てくれた。で、ここに戻って来たというわけだ」

マルタンのかみさんは、エプロンを顔にあてて泣き出した。

レヴェックが言った。

「これからどうしたらよかろう？」

マルタンが、

「あんたがこれの亭主かね」と訊ねた。

レヴェックが、

「そうだ」と、答えた。

二人の男は、たがいの顔を見、じっとおし黙った。

すると、マルタンは、自分をとり囲んでいる子供たちのうちから、二人の女の子を目顔でさして、

「おれの子はこの二人だね」と、言った。

レヴェックが、

「その二人があんたの子だ」と、言った。

男は立ち上がりもせず、二人の子に接吻しようともしなかった。ただこう言っただけ

だった。

「大きくなったなあ」

レヴェックがまた言った。

「どうしたらよかろう?」

マルタンも、どうしていいかわからず、途方にくれている様子だった。しまいにマルタンが思い切ったようにこう言った。

「おれは、あんたの気持にしたがうよ。あんたに迷惑をかけたくない。だが、家のことは困ったもんだ。おれの子は二人で、あんたの子は三人だ。子供は、それぞれ自分のをとればいい。母親はあんたのものか、それともおれのものか? あんたの気持にしたがうよ。しかし、家は、おれのものだ。これはおやじが残してくれたものだし、おれはこの家で生まれた。公証人のところに行けば、証書もある」

マルタンのかみさんは、こみあげてくるこきざみな嗚咽《おえつ》を、青い布地のエプロンで隠そうとしながら、ずっと泣き続けていた。年上の二人の娘は、そばに寄って来て、父親のほうを不安げに眺めていた。

男はもう食べ終わっていた。男も言った。

「どうしたらよかろう？」

レヴェックは、ふと思いついて言った。

「司祭様のところに行こう。司祭様が決めて下さる」

マルタンは立ち上がった。女房のほうに進み出ると、女房は泣きながら男の胸に顔を押し当てた。

「あんた、帰って来たんだね。マルタン、可哀相なマルタン、帰って来たんだね」

そういって、女房は、マルタンの体を両腕で抱きしめた。女房は、不意に昔の息吹きに体をつらぬかれ、二十代の頃、若かった頃の抱擁が思い出されて、体がおののくようだった。

マルタンも感きわまって布帽子の上から女房に接吻した。暖炉のなかにいた子供たちは、母親が泣くのを耳にして、二人いっしょに泣き出した。二番目の娘の腕に抱かれていた末の子も、調子っぱずれの笛のように甲高い声でヒーヒーと泣いた。

レヴェックは、立って待っていた。

「さあ。きちんと決めなくちゃいけねえ」と、レヴェックが言った。

マルタンは、女房から離れ、二人の娘をしげしげと眺めた。すると母親が言った。

「とうちゃんにキスぐらいしなよ」

娘たちはびっくりし、二人そろって前に進み出た。二人ともおびえた様子で、目に涙なぞは浮かべていない。マルタンは娘たちひとりひとりの頬に、田舎ふうに音をたててキスをしてやった。赤ん坊は、見知らぬ男が近づくのを見ると、金切り声で激しく泣き出した。もうちょっとで、ひきつけでもおこしかねなかった。

二人の男は、いっしょにおもてに出た。

コメルス亭という居酒屋の前を通ったとき、レヴェックが言った。

「ちょっと一杯やって行こうか」

「いいとも」と、マルタンが言った。

二人は、なかに入って腰をおろした。まだ人のいない店内で、レヴェックが大声で言った。

「おーい、シコ。ブランデーを二杯たのむよ。一番上等のやつをな。マルタンが帰って来たんだ。ほら、うちの女房のだよ。行方不明になった『ふたり姉妹号』のマルタンだよ」

すると、居酒屋の主人は、片手でグラスを三つ、もう一方の手に酒瓶をさげてそばにやって来た。腹が突き出て、あぶらぎって、あから顔の亭主だったが、ものに動じない口調で訊ねた。

「こりゃどうも。マルタン、帰って来たんだね?」

マルタンが、

「うん、帰って来た」と答えた。

(*Le Retour*)

マドモワゼル・ペルル

1

あの晩、女王様にペルルさんを選ぶなんて、本当になんて妙なことを私は思いついたものだろう。

シャンタル氏は、私にとっては昔なじみの知人で、毎年、御公現の祝日（一月六日。東方の三博士が幼な子イエスを礼拝に来たという故事に基づく。磁器の小さな人形が中に隠されたケーキを切って配り、当たった者が王または女王となって相手を選ぶ）にはかならず呼ばれる。昔、父はシャンタル氏の一番の親友だった。だから、子供の頃はよく父に連れられて、シャンタル家に行ったものだ。私は、今も、この習慣を続けている。のみならず、私が生きているかぎり、またこのシャンタルという人がこの世にいるかぎり、たぶんこの習慣を続けるだろうと思う。

ついでに言うと、シャンタル家の人々の生活は、風変わりなもので、パリにいながら、グラース、イヴトー、あるいは、ポンタ＝ムソン（いずれも、フランスの地方都市）にでもいるような暮らしをしている。

シャンタル家の人々は天文台（パリ十四区所在。このあたり、十九世紀後半には、まだ郊外の雰囲気があった）にほど近いあたりに、小さな庭のある家を所有している。その家で、彼らシャンタル家の人々はまるで田舎にでもいるような暮らし方をしているのだ。パリというもの、本当のパリというものについては、何も知らないし、想像もしていない。自分たちは、パリから遠く離れたところに暮らしているつもりなのだ。時にはそれでも、シャンタル家の人々が市内に旅行に出かけることがある。この市内への旅行たるや、大旅行と言うべきものだ。シャンタル家で言いならわしている言葉を使えば、それは、シャンタル夫人の買い出し旅行である。買い出し旅行がどのように行なわれるかというと、あらましつぎのような次第だ。

台所の食料戸棚の鍵をあずかっているのは、ペルルさんである(なんとなれば、下着用の戸棚は、夫人みずからが管理していたから)。そのペルルさんが、砂糖が終わりかかっているとか、缶詰がきれたとか、コーヒー袋の底にはもうあまり残りがないなどと警告を発する。

こうして食料不足の危険がせまっていることを知らされると、シャンタル夫人は、食料品の残りを調べ、手帳にメモをとる。それから夫人は、沢山の数字を書き並べ、長いこと計算に没頭し、つぎにはペルルさんを相手にたっぷりと議論をかわす。それでもついには、むこう三カ月に必要となる砂糖、米、スモモ、コーヒー、ジャムなどの分量、グリーンピース、インゲンマメ、エビなどの缶詰の数、干物、燻製等々の量について意見の一致をみるにいたる。

しかるのちに、買い出しの日どりが決められる。そして、辻馬車、それも荷棚つきの辻馬車に乗りこんで、橋向こうの新開地にある大きな食料品店に出かけるのだ。

シャンタル夫人とペルルさんは、なにやら秘密めかした様子で、この旅行に一緒に出かける。そして、夕食の時刻になると、馬車に揺られたせいで、疲れはて、いまだ興奮さめやらぬていで、帰って来る。見れば、馬車の屋根の上は、まるで引っ越し騒ぎかと思うくらい、包みやら、袋やらでいっぱいなのだ。

シャンタル家の人々にとって、パリ市内でもセーヌ川の向こう側はみな新開地で、風変わりな、騒々しい、不真面目《ふまじめ》な人々が住むところである。そこに住んでいるのは、毎日を遊び暮らし、毎夜のように宴会を催し、金を湯水のように使う連中なのだ。それでも、時どきは、娘たちを、オペラ・コミック座とかフランス座とかいった劇場に連れて行くことがある。ただし、出しものは、シャンタル氏が読んでいる新聞の推奨するものに限られる。

娘たちは、今年、十九歳と十七歳になる。二人とも大柄で、清楚な美しい娘たちだ。おまけにしつけがいい。というよりしつけがよすぎて、美しい人形のように、いるかいないかわからないほどだ。シャンタル家のお嬢さんたちに、目をつけるとか、言い寄るなど、私にとっては思いもよらないことだ。あまりにも無垢なお嬢さんたちなので、話しかけても悪いような気がする。お辞儀をしてさえ失礼にあたるのではないかと心配なくらいだ。

父親はというと、これはなかなか愛すべき人物で、大変教養があり、誠実で裏表のない人である。だが、何よりも安心、平穏、静寂を愛する人物だった。一家のものがこういう、ミイラみたいに動きのない生活をするようになったについては、シャンタル氏が静かで非活動的な生活を好んだということが大きい。シャンタル氏はなかなかの読書家で、話し好きで、涙もろい。人と接触することが少なく、人と肘つきあわせたり、ぶつかったりすることがなかったので、彼の心のひだは非常に感じやすく、傷つきやすいものになっている。わずかなことで感動し、興奮し、苦しむ人なのである。

そうは言っても、シャンタル一家にだってつきあいはある。ただしそれは限られたもので、近隣の人々のなかから注意深く選びだされた交際相手である。遠くに住んでいる親戚とも、年に二、三回は、行き来している。

私はどうかというと、私は、八月十五日の聖母被昇天の祝日と、御公現祭の日に夕食に呼ばれて行く。それは、復活祭の聖体拝受がカトリック信者にとって義務であるように、私にとっての義務なのだ。

八月十五日には、何人かの友人が呼ばれる。しかし、御公現祭の日、外からの客は私だけである。

2

こんなわけで、ほかの年と同じくその年も、私は、御公現の祝日にシャンタル家の夕食に呼ばれた。

習慣にのっとって、私はシャンタル氏とシャンタル夫人、ついでペルルさんに接吻し、ルイーズ、ポーリーヌの二人のお嬢さんには、丁重に頭を下げた。私は、さまざまのことについて質問された。町の出来事とか、政治むきのこととか、トンキン事件（この事件の結果、一八八五年、越南新約が締結され、ベトナムの安南地方がフランスの保護領となった）についての世論の動向とか、国会議員のことなどである。シャンタル夫人は、ふとった人だが、この人のあらゆる事柄についてのものの考え方は、なんだか、建築用の切り石みたいに四角い感じがする。夫人は、あらゆる政治むきの議論のあとでは、きまって「これはあとあと、わざわいの種になりますよ」という言葉で話をしめくくる癖があった。シャンタル夫人のものの考え方は四角いなんてことを、なぜ私は思ったんだろう？　よくわからないが、ともかく、夫人の言うことのすべてが、私の頭のなかでは、こういう形、つまり四角形というか、四つの角が対称的に並んでいる大きな正方形として、思い浮かべられてしまうのだ。世の中には、考え方が、輪回しの輪のように、真ん丸くて、ぐるぐると転がりやすい人がいる。こういう人たちが何かにつけものを言うと、言葉は回転し、ころがり、十や二十や五十もの真ん丸い考え、大きいのやら小さいのやらが出てきて、つぎつぎとつながり、地平線の彼方まで走ってゆくのが見えるような気がする。世の中にはまたとんがった考えの持ち主もいる……が、まあ、こんなことはどうでもいい。

みんなはいつものように食卓につき、夕食は、とりたてて何か特別なことが話題になるでもなく終わった。

　デザートになって、御公現祭用のケーキが運ばれて来た。ところで、王様になるのは、毎年きまってシャンタル氏であった。偶然が続いたのか、うちうちで取り決めてあったのか知らないが、ともかく、シャンタル氏に割り当てられたケーキのなかから、かならず人形が出てきて、シャンタル氏はシャンタル夫人を女王に選ぶのも、これまた例年のことであった。それで、私は、口にいれたケーキのなかに、何か固いものがあって、危うく歯を折りそうになったので、びっくりしてしまった。その品物を、口からそっと取り出してみると、インゲンマメくらいの大きさの磁器製の小さな人形であった。私は、驚いて、思わず「あっ」と叫んだ。みんなは、私のほうを見、シャンタル氏は、手をたたきながら、「ガストンが王様になった！　王様万歳！　王様万歳！」と言った。

　みんなは、一斉に「王様万歳！」とはやした。私は、耳まで赤くなった。なんていうこともない場面で、理由もないのに赤面することがよくあるものだ。私は、豆粒ほどの大きさの人形を指の先でつまんだまま、目を伏せていた。なんと言ったらいいのか、どうしたらよいのかわからず、笑おうと努めるのがやっとだった。するとシャンタル氏が、「さあ、女王様を選ばなくちゃいけないよ」と言った。

こうなると、私はあわてた。一瞬のうちに、いろんな考えや、いろんな想像が私の頭のなかをかけめぐった。シャンタル家のお嬢さんたちのうちの一人を、私に指名させようとしているのだろうか。どちらが好きか、私に言わせるための工夫なのだろうか。結婚の可能性に向けて、気づかれないように、そっとやさしく両親が私を押しやろうとしているのだろうか。適齢期の娘がいる家庭では、どこでも結婚という考えがたえず漂っているもので、それはあらゆる形、あらゆる仮装、あらゆる手段のもとに現れるものなのだ。下手に自分を束縛するような真似はしたくないという、強い恐怖に私はとらえられた。だいいち、ルイーズとポーリーヌという二人のお嬢さんたちの、極度に礼儀正しく、打ちとけない態度を前にしては、私としては、尻込みせざるを得ないのだ。二人のうちの一人を選ぶなんて、二粒の水滴から一方を選ぶのと同じくらい難しいことだった。自分でも気づかないうちに結婚話にまきこまれるのではないか、という恐れがひどく私を狼狽《ろうばい》させた。

けれども、不意に私はいい考えを思いつき、例の象徴的な人形をペルルさんのほうにさしだした。みんなは、はじめびっくりしたが、きっと私の思いやりや、慎重なやり方に感心したのだろう、割れんばかりの拍手で喝采してくれた。「女王様万歳！　女王様万歳！」と、みんなが大声で言った。

ペルルさんはといえば、可哀相にこの老嬢はすっかりどぎまぎしてしまった。ペルルさんは、仰天して体を震わせ、「だめですよ……わたしなんか……わたしなんか……お願いですよ……わたしなんかだめですよ……」と口ごもっていた。

そうなると、私は、生まれて初めてペルルさんの顔をつくづく眺め、これはいったいどういう人なのかしらん、と考えた。

私は、この家で、ペルルさんを目にするのに慣れていた。それはちょうど、子供の頃から、つづれ織りを張った古い肘かけ椅子に腰掛けていながら、そのことをかくべつ気にもとめていないのと同じだった。ところがある日のこと、なぜか知らないが、たまま日ざしが椅子に当たっていたりして、にわかに「おや、この椅子はずいぶん変わっているな」などと思ったりする。こうして、椅子の木製の部分は職人の手で念入りに仕上げられ、布だってすばらしいものであることを発見したりするのだ。私は、ペルルさんのことなど、それまで気にもとめずにいた。

私の承知しているのは、ペルルさんが、シャンタル家の一員だということだけだった。でもどうしてそうなったのだろう？　一家の何にあたるのだろう？　ペルルさんは、背の高い痩せた人だった。人目につくまいとしていたけれども、人並み以下の人物ではなかった。みんなはペルルさんにやさしく接していた。使用人以上の存在ではあったが、親戚の婦人とまではいかない扱いだった。それまで気にとめもしなかった多くの微妙な相違点が、不意にのみこめてきた。シャンタル夫人は「ペルル」と呼び、娘たちは「ペルルさん」と呼んでいた。そしてシャンタル氏は「マドモワゼル」としか呼ばなかったが、どうやらその口調には、ほかの人の場合以上の尊敬がこめられているように思われた。

私は、ペルルさんの顔をしげしげと眺めてみた。――歳はいくつぐらいかしらん？四十ぐらいだろうか。そうだ、四十ぐらいだ。――まだ年取ったというほどでもないのに、わざとふけた格好をしているのだ。このことに気づくと、私は、にわかにはっと目が覚める思いがした。ペルルさんの場合、髪型、服装、化粧など、どれをとっても不体裁なものだった。しかし、それにもかかわらず、全体として見ると、ペルルさんは、みっともない人では少しもなかった。それほどまでに、この女性には、素朴で自然な優雅さがそなわっていた。けれどもその優雅さは、注意深く覆い隠されていた。本当に、なんて不思議な人だろう。どうしてこれまでもっと注意してこの人を観察しなかったのだろう。彼女の髪型は、とても変てこな古めかしい小さな巻き毛を、おかしな具合に結《ゆ》ったものだった。そしてこの、老いてなお若い聖母マリア様といったおもむきの髪の毛の下に、大きくて静かな額が見える。額には二筋の深い皺《しわ》が寄っているが、それは長年にわたる悲しみによって刻まれたものだ。それから、青くて大きなやさしい両の目、内気な、おどおどした、じつにつつましやかな目がある。美しい両の目は、素朴きわまりなく、少女のような驚きや、若々しい感動にあふれている。と同時に、それは悲しみをもたたえている。その悲しみは深く内に秘められたもので、この人の目にやさしい表情を与えこそすれ、決して目の輝きを曇らせるようなものではない。

顔全体が、上品でつつましやかだった。疲労や人生の激しい感情のために消耗することもなく、ただ色あせ消えていくばかりの顔だった。

なんて美しい口だろう。なんて美しい歯だろう！　でもなんだか、この人には微笑《ほほえ》む度胸すらないみたいだった。

すると、にわかに私はこの人を、シャンタル夫人と較べてみる気になった。たしかに、ペルルさんのほうがすぐれていた。百倍もすぐれていた。ペルルさんのほうがずっと上品で気高く、堂々としていた。

私は、自分の観察にわれながらびっくりしてしまった。シャンパンが注《つ》がれた。私は、しかるべき挨拶の言葉とともに、ペルルさんの健康を祝し、女王様のほうにグラスをさしだした。ペルルさんは、ナプキンのなかに顔を埋めたいような気持になっているのが、私にはわかった。それから、彼女が、透明なシャンパンに唇をつけたと見るや、みんなは「女王様が飲んだ！　女王様が飲んだ！」とはやしたてた。すると、ペルルさんは、真っ赤になり、むせかえってしまった。みんなは笑った。しかし、私には、ペルルさんが、この家のものたちから好かれていることがよくわかった。

3

夕食が終わると、シャンタル氏が、私の腕を取った。シャンタル氏にとっては、大切な時間、つまり葉巻を吸う時間になったのだ。シャンタル氏は、客がいないときは、往来に出て葉巻を吸ったが、誰か客がいると玉突き室に上がって行き、葉巻をふかしながら、玉突きに興じるのがつねだった。その日は王様祭り（御公現祭の別名）の日だったので、玉突き室には、火までたかれていた。シャンタル氏は、細身のキューを手にすると、念入りに打ち粉をかけてから、

「さあ、きみ、やってごらん」と言った。

私は二十五歳になっていたのだが、私を子供の頃から見慣れているものだから、シャンタル氏は、私のことを「きみ」と呼んでいたのだ。

そこで、私は、ゲームを始めた。私は、何度かキャロム（自分の球を二つの球に続けて当てること）に成功し、また何度かは失敗した。しかし、ペルルさんのことが、頭にこびりついていて離れなかったので、私は不意に訊《たず》ねた。

「ねえ、シャンタルさん、ペルルさんはご親戚の方なんですか？」

シャンタル氏は、非常に驚いた様子で勝負の手を休め、私の顔をしげしげと眺めた。

「きみは知らないの？　ペルルさんの話を聞いたことがないの？」

「知りませんよ」

「お父さんから聞かなかったの？」

「聞いてませんね」

「おやおや、おかしなこともあるもんだなあ。まったく変だよ。めずらしい話なんだからね」

シャンタル氏は、いったん口をつぐむと、また話しだした。

「よりによって、王様祭りの日にそんなことをきみが訊ねるとは、まったく不思議だね」

「それはまたどうしてなんです？」

＊

どうしてだって？　まあ、聞いてくれたまえ。今から四十一年も昔の話だがね。ちょうど今日の御公現祭で四十一年になる。当時、ぼくらは、ロユイ＝ル＝トールの町の城壁の上に住んでいた。話をきみにわかってもらうには、まず家のことから説明しないといけないね。ロユイは、山腹というか、円い丘の上につくられた町でね、あたり一帯の草原がひろびろと見渡せた。ぼくらは、この町に、見事な屋上庭園つきの家を持っていた。庭は、古い城壁の上にのっていたのだ。だから、家は町の往来に面していたのだけれど、庭からは、野原が見はるかせたのさ。よく小説なんかに出てくるように、分厚い城壁のなかに隠し階段が作られていて、庭から通用門を抜けて野原に出られるようになっていた。通用門の前は街道で、大きな鐘が吊るしてあった。百姓たちは、遠回りをいやがって、そこを通って食料品などを持ってくる仕掛けになっていたんだね。

場所はこれでわかっただろう？　ところで、その年の王様祭りの日だけれど、一週間ほど前から雪が降り続いていた。まるで、この世の終わりかと思ったよ。城壁の上に立って野原を見渡すと、胸の底まで冷え込みそうな気分だった。広大な平野は白一色に凍りつき、まるでニスでも塗ったようにきらきらと輝いていた。神様が大地を梱包《こんぽう》し、滅びた文明をしまっておくための納屋に、送りつけようとしているとしか思われないくらいだったな。まったくもの淋しい眺めだった。

当時、ぼくらはみな一緒に住んでいたから、非常な大家族だった。父と母に、叔父と叔母、兄貴が二人に、従姉妹《いとこ》が四人。従姉妹はきれいな娘たちで、そのなかの一番若いのと、私は結婚したのさ。これだけそろっていたのに、今じゃ生きているのは、三人だけだ。つまり、ぼくと女房と、マルセーユに住んでいる女房の姉だけだ。家族ってものも淋しいねえ。つぎつぎにいなくなるものな。考えるとぞっとしてくる。ぼくは、今、五十六歳だから、その頃、十五歳だったことになる。

さて、だ。ぼくらは、王様祭りのお祝いの日なので、陽気にはしゃいでいた。みんなは客間で、夕食の時間になるのを待っていた。すると、一番上の兄貴のジャックが、こんなことを言いだした。「十分ほど前から、野原で犬が吠えている。迷い犬にちがいない。可哀相だな」

兄貴がこう言い終わるか終わらないうちに、庭の通用門で鐘が鳴った。この鐘は、教会の鐘みたいに大きな音を出すやつでね。お葬式の鐘を思い出させる音だった。みんなはぞっとした。父が、召使を呼んで見に行かせた。みんなは、しーんとして、召使が戻ってくるのを待った。大地を覆いつくしている雪のことをみんなは考えていた。召使は戻って来ると、何も変わったことはありません、と言った。相変らず犬は吠え続けていた。同じ場所で吠えていた。

みんなは食卓についた。しかし、みんなのなかでも、若い連中は、すこし興奮していた。ロースト肉まではなんともなかった。ところが、そこで鐘がまた鳴りだしたのだ。長く尾を引く大きな響きで、三回続けざまに鳴った。ぼくらの指先までぶるぶる震えるような音の響きで、ぼくらはハッと息をのんだ。何か超自然的なものにたいする恐怖のようなものにとらえられて、ぼくらは、フォークを手にしたまま耳を傾け、たがいに顔を見合わせた。

しまいに母がこう言った。「おかしいじゃありませんか。こんなに間をおいて、また鐘を鳴らすなんて。バティスト、一人で行っちゃいけませんよ。誰か男の人について行ってもらいなさい」

叔父のフランソワが立ち上がった。大男で力自慢の叔父にとってこの世にこわいものなどなかった。父が、「鉄砲を持って行け。相手は何ものかわからんぞ」と言った。しかし叔父は、ステッキを一本手にしただけで、すぐに召使と一緒に部屋を出て行った。

残った者は、食べることも話すこともできなかった。こわくて、不安でたまらなかったんだ。父が、ぼくらを安心させようとして言った。「なあに、今にわかるよ。どうせ、乞食か、雪で道に迷った通行人だろう。最初に一度、鐘を鳴らしたものの、すぐに門を開けてもらえなかったんで、自分で道を見つけようとしたんだな。ところが、やっぱりうまくいかないんで、またうちの門のところに戻って来たというわけさ」

叔父が行ってから一時間もたったような気がした。やっと叔父が戻って来た。叔父はかんかんに怒ってこうわめいた。「馬鹿馬鹿しい。誰もいないんだ。いたずら者の仕業だよ。例の犬が吠えているだけなんだ。城壁から百メートルばかりのところでね。鉄砲を持って行ってたら、撃ち殺して黙らせたところだな」

みんなは夕食を続けたが、不安な気持に変わりはなかった。これで終わりじゃなくて、何かが起こるにちがいない、今にももう一度鐘が鳴るだろうと、みんな感じていたのだ。

そして鐘は鳴った。ちょうど王様祭りのケーキを切っていたときにね。男たちはみんな立ち上がった。フランソワ叔父は、シャンパンをだいぶきこしめしていたものだから、ものすごい剣幕で、殺してやると怒鳴り、母と叔母がとびついてひきとめる始末さ。父は、もともと大変穏やかな人で、やや体が不自由だったが(落馬して足を折ってから、片足をひきずっていた)、正体をつきとめなくちゃいけないから、自分も行くと言いだした。十八歳と二十歳になる兄たちは、鉄砲をとりに走って行った。ぼくのことなど、みんなは忘れていたので、それをさいわい、ぼくは空気銃を手にして探検隊に加わることにした。

探検隊はすぐに出発した。父と叔父は、カンテラを手にしたバティストとともに先頭に立った。兄のジャックとポールがそれに続き、母親のとめるのもきかず出てきたぼくは、一番後からついて行った。母と母の妹と従姉妹たちは、家の入口のところに残った。

一時間ほど前から、雪がまた降りだし、木々に積もっていた。モミの木は、重くて青白い雪の衣装を着せられてたわみ、まるで白いピラミッドか、円錐形をした砂糖の大きな塊みたいだった。そのモミの木よりも小さい灌木の青白いたたずまいにいたっては、降りしきる粉雪の灰色のとばりの向こうに、かろうじて見分けられる程度だ。雪は隙間なく降っていたから、十歩先を見分けるのがやっとだった。カンテラが、前方に大きな光を投げかけていた。城壁のなかに作られた回り階段を降り始めたとき、ぼくはじつにこわかったよ。誰かがうしろからついて来ていて、今にもぼくの肩をつかまえ、ぼくを連れて行きそうな気がした。家に戻りたかったくらいだが、庭をもう一度横切る勇気もぼくにはなかったのさ。

野原に出る通用門を開ける音がした。それから叔父がまた怒鳴り始めた。「畜生め、また行っちまいやがった。影だけでも見えりゃあ、ただじゃおかないぞ」

じつに無気味な気持だったね、野原を目の前に見たときは。いや、見たというよりは、感じたと言うべきだろうね。だって野原など見えたわけではなく、見えたのは、上にも下にも、正面にも、右手にも左手にも、いたるところただもうきりもなくひろがる雪のとばりだけだったんだから。

叔父がまた言った。「また犬が吠えているな。ひとつおれの腕前を見せてやるか。そのくらいしないと腹の虫がおさまらないや」

けれど、父は、やさしい人柄だったから、こう言った。「犬が可哀相だよ。吠えているのは、おなかをすかしているからなんだ。連れてきてやろう。あいつは助けを求めているんだ。にっちもさっちも行かなくなった人間と同じで、助けを求めているんだよ。さあ、行こうよ」

そこでみんなは、この雪のとばりをかきわけて進んだ。休みなく降る厚ぼったい雪、夜の闇と空を満たし、動き、漂い、降りしきるこの泡のような雪をかきわけて進んだのだ。雪は肌に触れると、溶けながら肉を凍らせる。小さな白い粉雪が、肌に触れるたびごとに、素早く激しい痛みが走り、肉を、凍らせるというよりもむしろ焼きこがすのではないかと思われたくらいだった。

冷たくふわふわとした雪のなかに、ぼくらは膝まで埋まった。だから歩き続けるためには、足を高く持ち上げねばならなかった。進むにつれて、犬の吠え声はしだいにはっきりと強く聞こえるようになった。叔父が、「やっ、いたぞ！」と叫んだ。一同は、まるで闇のなかで出っくわした敵兵でも眺めるように、立ち止まって犬の様子をじっと見つめた。

はじめ、ぼくには何も見えなかった。しかし、一同に追いつくと、ぼくにも犬が見えた。それは、大きな黒い犬だった。オオカミのような面《つら》をしたむく毛の牧羊犬だった。

カンテラが雪の上に作りだす長い帯状の光の先のほうに、四本足で立っているのが見えた。犬は動かなかった。鳴きやんだ犬は、じっとぼくらのほうを見つめていた。

叔父が言った。「変だなあ。この犬は前にもうしろにも動かないぜ。一発くらわしてやろうか」

父が「いや、連れ帰ってやろう」と、きっぱり言った。

すると兄貴のジャックが「犬だけじゃないよ。犬のそばに何かあるみたいだ」と言いだした。

なるほど、犬のうしろに、何か灰色のよく見分けられないものがあった。みんなは用心深く歩み寄った。

ぼくらが近づくのを見ると、犬は尻をついて座った。犬には獰猛《どうもう》そうな様子はなかった。むしろ、みんなをそばに引き寄せることができて満足そうだった。

父はまっすぐ犬のほうに行き、頭をなでてやった。犬は、父の手を舐めた。すると、犬が、小さな馬車の車輪につながれているのがわかった。それはおもちゃの馬車のようなもので、全体が、三重にも四重にも毛布でくるんであった。注意深くこの毛布をとってから、車つきの犬小屋とでもいったふうなこの馬車の入口に、バティストがカンテラ

を近づけた。するとそのなかで赤ん坊が眠っているのが見えた。

ぼくらは、驚きのあまり、口もきけなかった。父が最初に気をとりなおした。父は、心が広く、そしてやや感激しやすい質《たち》の人間だったから、馬車の屋根の上に手をさしのべると、「あわれな捨子よ。きみを家族の一員としよう」と、言った。そして、兄のジャックに命じ、この拾いものを先頭に立ててころがして行かせた。

父は、思ったことを口に出してこう言った。「きっと道ならぬ恋から生まれた子だろう。可哀相に、母親がうちの通用門の鐘を鳴らしに来たのだ。御公現祭の夜を選んだのも、幼な子イエスにあやかるためにちがいない」

父は立ち止まった。そして、声を張りあげ、四方の夜空に向かって、四度、「たしかにお引き受けしましたぞ！」と、叫んだ。それから、叔父の肩に手をかけると、「犬を撃っていたらどうなったか、なあ、フランソワ？」と、つぶやいた。叔父は返事をしなかったが、暗闇のなかで十字を切っていた。というのも、叔父は、見かけこそ威勢がよかったが、ひどく信心深い質だったからだ。

綱をといてやると、犬はぼくらのあとからついて来た。

そうやって一同が家にひきあげる様子は、見ものだったね。城壁の階段で、馬車を引っ張りあげるのには、ずいぶん骨を折った。でもなんとか上まで運び、家の玄関までころがして行った。

母の顔を見せたかったよ。たまげたような、嬉しいような、なんともいえない顔をしていたっけ。そして、四人の幼い従姉妹たち（一番年下のが六歳だった）は、まるで巣にむらがる四羽のめんどりみたいだった。ようやく馬車から赤子を引き出した。赤子はまだ眠っていた。おおむね生後六週間はたっていようという女の子だった。産着《うぶぎ》のなかに金貨で一万フランのお金が入っていた。そうとも、一万フランだよ。それを父は、その子の持参金にするのだと言って貯金した。してみれば貧乏人の子じゃなかったのだ……おそらく、どこかの貴族と町娘のあいだに生まれた子か……それとも……ぼくらはいろいろ想像してみたんだが……たしかなことは何もわからなかった……なんにも……なんにもね。犬だって、誰も見知っているものはいなかった。土地の犬じゃなかったんだよ。いずれにせよ、わが家の通用門に三度も来て鐘を鳴らした人は、男か女かわからないが、うちの両親をよく知っていたのだ。わざわざうちを選んだのだからね。

生後六週間で、マドモワゼル・ペルルがシャンタル家の人となったのはこういう訳だったのさ。

ついでに言うと、マドモワゼル・ペルルとみんなに呼ばれるようになったのは、後の話でね。はじめはマリーとかシモーヌとかクレールなどという名前で呼んだ。クレールというのを苗字にするつもりだったのだ。

赤子をかかえて食堂に戻って行ったときの様子ったらなかったね。赤子は目を覚まし、かすんだような、青いぼんやりした目で、そばにいる人間や、周囲の明りを見回していた。

みんなは、食卓につき、ケーキが分けられた。ぼくが王様になった。そして、さっきみがしたように、ペルルさんを女王様に選んだ。もっとも、そのときには、自分がそんな光栄に浴しているなんて、ペルルさんにはわからなかったろうがね。

こうして、赤子は養女になり、わが家で育てられた。すくすくと育ち、歳月が流れた。

可愛らしく、やさしい、そして素直な子だった。その子はみんなに愛されたから、もしも母がいなかったらひどく甘やかされたところだった。

母は、几帳面で、格式を重んじる人だった。母は、幼いクレールを自分の子同様に扱うことには異存がなかったが、それでも、ぼくらとクレールの違いをはっきりさせ、立場というものを明確にしておくことにこだわった。

それで、物心つくようになると、母はクレールに生い立ちを語って聞かせた。そして、自分はシャンタル家にとっては養女であり、拾い子であって、つまるところはよそものであるということが子供心にも分かるように、やさしく、情愛をこめて教えこんだ。

クレールは、自分の立場を、不思議なほどよく理解し、驚くほどの本能でさとった。自分に与えられた立場を、じつに如才なく、しとやかに、可愛げのあるやり方で受け入れ、また守ったから、父などはついほろりとして涙ぐむことがよくあった。

母にしてからが、この可愛らしい、やさしい子が心からの感謝の気持を見せ、おどおどするほどまでに忠実な態度を示すと、すっかり感激して、クレールのことを、「わが子」と言うまでになった。時どき、この子が、何かよいこと、思いやりのあることをしたときなど、母は、感激したときの癖で、眼鏡を額にずり上げ、「まあ、この子は、本当にペルル（真珠のこと。転じて申し分のない人のこと）だよ」と、何度も言ったものだった。こうして、この名前がクレールに代わってしまったので、あの人はぼくらにとってはいつまでも、マドモワゼル・ペルル、ペルルさんてことになったのさ。

4

ここまで語って、シャンタル氏は口をつぐんだ。玉突き台に腰をおろして、両足をぶらぶらさせ、左手で球をもてあそんでいた。そして、右手では、ぼくらが「黒板ふき」と呼んでいた布きれをいじっていた。それは、石板に記された得点を消すためのものだった。やや顔を赤らめたシャンタル氏は、今や、自分自身に向かって語って聞かせるような調子で、低い声で話していた。思い出にひたるうちに、古い出来事や、過ぎし日のさまざまなことが心のなかで目覚め、そうした事柄のあいだを縫ってさまよい歩いているふうだった。それはちょうど、自分が育った家の古い庭を散歩しているようなもので、どの樹木も、どの道も、どの植物も、先のとがったヒイラギも、香りのいい月桂樹も、指で押すと赤くてあぶらのつまった実がはじけるイチイの木も、何もかもが、ひと足歩むごとに、過去の生活の些細《ささい》な事柄を浮かび上がらせるのだ。あまり意味のないものでも、そういう小さな出来事にこそ、人生の楽しみが宿っているものだし、それこそは、生活の基盤をなし、人生の内容をつくっているものなのだ。

私は、シャンタル氏の前に立っていた。壁にもたれ、両手を用のなくなったキューの上にのせて。

シャンタル氏は、ちょっと間を置いてからまた語り始めた。「十八歳の頃、あの人は本当にきれいだったなあ……しとやかで……非のうちどころがなかった……可愛くて……やさしくて……けなげで……あでやかな娘だった。目は……青くて……透き通るように澄んでいて……ああいう目は見たことがないな……一度もないなあ」

シャンタル氏はまた口をつぐんだ。私は、「なぜ、あの人は結婚しなかったんです？」と、訊ねた。

するとシャンタル氏は、私に向かって答えるというよりも、「結婚」ということの言葉に答えるようにこんなことを言った。

「なぜかって？　あの人は結婚したがらなかったんだよ……いやがったのさ。三万フランからの持参金があったし、何度も求婚された……でも承知しなかった。あの頃、あの人は淋しそうだったな。ぼくが、従姉妹のシャルロット、つまり今の女房と結婚したのもその頃だった。六年前から婚約していたのでね」

私は、シャンタル氏の顔をつくづくと眺めた。すると、彼の心のなかが見えたような気がしてきた。真面目な心、まっすぐな心、何ひとつやましいところのない人の心が秘めている、ささやかながら残酷な悲劇を不意に見抜いたような気がしたのだ。それは、他人に自分の心を告白したことがなく、したがって自分の心をさとられたことも、うかがわれたこともない人間に宿った悲劇だった。あきらめきり、黙って悲劇の犠牲者となっていたので、当の本人たちにさえも気づかれていない悲劇だった。

にわかに好奇心にかられたぼくは、大胆にもこう言った。

「シャンタルさんこそ、あの人と結婚すべきだったんじゃありませんか」

彼は、体をぴくっと震わせると、私の顔を見つめて言った。

「ぼくがかね？　誰と？」

「ペルルさんとですよ」

「なぜかね」

「なぜなら、シャンタルさんは、従姉妹さんよりも、あの人のほうを愛していたからですよ」

シャンタル氏は、ぎょっとしたように目を丸くし、おかしなふうに、私の顔を見つめて口ごもった。

「ぼくが……あの人を愛していたって……どうして……誰がそんなことを言ったの？」

「だって、わかりますよ……従姉妹との結婚をそんなに遅らせ、六年も待たせたのは、ペルルさんという人がいたからですよ」

シャンタル氏は、左手にもっていた球を放した。そして両手で黒板ふきをつかんだかと思うと、それを顔に押し当て、さめざめと泣きだした。見るからに痛ましい、そのくせ滑稽な泣きようで、スポンジが押されて水を出すような具合に、目と鼻と口から、同時に涙がこぼれだしていた。シャンタル氏は、黒板ふきを顔にあてたまま、咳をし、唾を吐き、鼻をかみ、くしゃみをした。顔の穴という穴からまたもや涙を流し始め、うがいでもしているような音を喉から響かせた。

びっくりして恥ずかしくなった私は、その場を逃げ出したいくらいだった。なんと言い、何をし、どうとりつくろっていいのかわからなかった。

そのとき、突然、シャンタル夫人の声が階段のほうから聞こえてきた。「タバコはそろそろ終わりますか?」

私は、扉を開け、「はい、もうすぐ降りて行きます」と、大声で言った。

それから、私は、シャンタル氏のほうに駆けより、肘をつかんで、「シャンタルさん、ねえ、奥様が呼んでいますよ。しっかりして下さい。急いで降りて行かなくちゃいけないんです。しっかりしてください」と言った。

シャンタル氏は、口ごもるように、「うん……いま行く……可哀相な子だ……いま行く……すぐ行くと言ってくれたまえ」と、言った。

それから、シャンタル氏は、念入りに布で顔をふき始めたのだが、その布たるや、二、三年も前から、石板の点数を消してきた代物であるから、あらわれた顔は、半分は白く、半分は赤く、額、鼻、頰、あごなどはチョークの粉だらけ、目はまだ涙をためたままますっかり泣きはらしている。

私は、彼の手をとって寝室に連れて行き、こうささやいた。「シャンタルさん、どうもすみません。つらい思いをさせてしまって申し訳ありません……ちっとも知らなかったものですから……わかって下さい……」

シャンタル氏は、私の手を握りしめると、「うん……うん……人生には難しいときがあるものだ……」と言った。

それから、彼は、洗面器のなかに顔を浸した。顔を洗ったあとになっても、シャンタル氏は人前に出られるような状態とは思われなかった。しかし、私はちょっとした計略を思いついた。鏡を見ながら心配しているシャンタル氏に私はこう言った。「目にゴミが入ったと言えばいいじゃありませんか。みんなの前でいくらだって泣けるというものです」

シャンタル氏は、私に言われたとおり、ハンカチで目をこすりこすり、下に降りて行った。みんなは心配してゴミを見つけようとしたが、ゴミは見つからなかった。似たような場合で、医者を呼びにやらねばならなくなったことがあるという話が出た。

私はといえば、ペルルさんのそばに行き、激しい好奇心にかられて、その顔をしげしげと眺めていた。好奇心は、苦しいまでに強くなっていたのだ。ペルルさんは、実際、大変な美人だったにちがいなかった。目は、あくまでもやさしく、大きく、静かであった。あんまり大きな目だったから、ほかの人間のように、それが閉じられるということはないようにすら思われた。衣装は、まったくもって老嬢らしいものだった。不格好で、ペルルさんの美しさを殺《そ》いではいたが、姿全体を見苦しいものにするというほどでもなかった。

さきほど、シャンタル氏の心のなかが見えたように、ペルルさんの心も見えたような気がした。この人のつつましく、素朴で、献身的な人生が、端から端まで見通せたような気がしたのだ。この人に問いただし、この人のほうでもまた、彼を愛していたかどうか知りたいという、矢も楯もたまらない欲望が、私の喉もとにこみ上げてきた。この人のほうでも、ひそかな、つらい、長年にわたる苦しみにさいなまれてきたのかどうか、知りたかった。そういう苦しみは、人目につかず、知られることがなく、気づかれることもないが、夜、暗い寝室に一人でいるときなどに、ふと洩らされるものだ。私は、ペルルさんを眺めやった。ブラウスが胸もとを首のところまできっちりと隠してはいるが、その下では心臓が脈打っているのがわかった。やさしく、あどけない顔をしたこの人でも、夜ごとに濡れた枕の上で、うめき声を洩らしたことがあったのだろうか。燃えるように熱いベッドのなかで、身悶えしつつ、すすり泣いたこともあったのだろうかと、私は考えた。

私は、なかに何が入っているのか知りたくなって、ペンダントを壊してしまう子供のように、ごく小さな声でペルルさんにささやいた。「さっきシャンタルさんが泣いていましたよ。その様子をご覧になったら、あなただって同情なさったことでしょう」

ペルルさんは、体を震わせた。「なんですって？　泣いていらしたんですって？」

「そうなんです。泣いていらしたんです」

「でも、どうしてですの？」

ペルルさんは、すっかり心を動かされていた。私は答えて言った。

「あなたのせいなんです」

「わたしのせいですって？」

「そうなんです。昔、どんなにあなたのことが好きだったか、さっき話してくれました。あなたではなくて、今の奥さんと結婚するのがどんなにつらかったかということも……」

青白いペルルさんの顔が、少し伸びたように思われた。いつも見開かれている静かな目が、急に閉ざされた。あまりにも素早く閉ざされたので、永久に開かれないのではないかと思われたほどだった。ペルルさんは、椅子から床へすべり落ち、まるでショールが落ちるように、ゆっくりとくずおれた。

私は、「誰か来て下さい！　ペルルさんが大変です！」と叫んだ。

シャンタル夫人や、娘たちが駆けつけてきた。みんなが、水や、タオルや、気つけ薬などを探し回っているあいだに、私は、帽子を手にするや、さっさと逃げ出した。

私は、胸をゆすぶられ、心は後悔と自責の念でいっぱいになり、大股で歩いていた。でも、時どき満足したような気持にもなった。ほめられてしかるべき必要なことをしたようにも思われたのだった。「悪いことをしたんだろうか、それとも正しいことをしたんだろうか」と、私は自問した。彼ら二人は、治った傷のなかに残る弾丸のように、あのことを魂のなかにしまいこんでいたのだ。今では、二人はかえって幸せになったのではあるまいか。いまさら苦しみ始めるにはもう遅すぎるが、かつての苦しみをしみじみ思い出すにはまだ間に合うのだ。

そして、やがて来る春の夕べ、木の枝の隙間から、足もとの草の上に落ちかかる月明りに心をときめかせて、もしかしたら、二人は、こらえにこらえたつらい苦しみを思いだし、手をとりあい、手を握りあうかもしれない。もしかしたらまた、この束の間の握手によって、ついに二人が味わうことのないあの戦慄のいくぶんなりとが、二人の血管のなかに流しこまれるかもしれない。そしてまた、一瞬のうちによみがえったこれら二人の死者たちに、あのもの狂おしい陶酔、迅速にして聖なる感動が投げ与えられるかもしれないのだ。この陶酔によって、二人の恋人は、ほかの人間が一生かかっても受け取れないほどの幸福を、ただ一度のおののきのうちに得るのであろう！

（*Mademoiselle Perle*）

山の宿

オート＝ザルプ県（南フランス、アルプス地方）では、樹木もはえていない岩だらけの渓谷が、峰の白い山肌を切り裂くようにして走っている。そういう渓谷の中や氷河の入口などに、よく木造の宿屋がたっているが、そういうどれも似たり寄ったりの宿に、これまたそっくりなのが、シュヴァーレンバハの山の宿で、ゲミ峠越えの街道（スイスのベルナー・オーバーラント地方からローヌ川渓谷に抜けるアルプス山中の街道）を通る旅人にとっては、大切な避難所となっている。

この宿は一年のうち六カ月は開いていて、ヨハン・ハウザーの一家が住んでいる。それから雪が降りつもって谷を埋め、ロイク（中世の古い村。標高七五〇メートル。イタリヤに向かうシンプロン峠の手前）への道が通れなくなる頃になると、女たちをはじめとして、父親も三人の息子もここを去り、あとには老ガイドのガスパルト・ハリ、若いガイドのウルリヒ・クンジ、山育ちの大型犬ザムなどが残って留守を守ることになる。

二人の男と犬は、春が来るまでこの雪の牢獄のなかに残る。白く輝く山々の峰にとり囲まれ、眼下にひろがるのは、バルムホルン（アルプスの高峰。標高三六九九メートル）の広大な白い斜面ばかりである。彼らは、雪のなかに閉じ込められ、封鎖され、埋め込まれてしまう。雪はうずたかくなり、小さな家をつつみこみ、締めつけ、押しつぶそうとする。雪は、屋根の上に降り積もり、窓にまで届き、入口をふさぐ。

冬が近づき、下りの道も剣呑《けんのん》になったので、いよいよハウザー一家が、ロイクに引き上げる日が来た。

三人の息子たちは、三頭のラバに乗り、衣類をはじめとする荷物を積んで先に発《た》った。それから母親のヨハンナ・ハウザーと娘のルイーゼも四番目のラバに乗って出発した。父親が、二人の留守番と一緒に女たちの後に続いた。留守番たちは、峠のところまで一家のお供をすることになっていたのだ。

一行は、まず小さな湖のまわりをぐるりとまわった。それは宿の前面の大きな岩の窪みにある湖で、もう凍りついていた。そこから、シーツを敷きつめたように白く、おまけに雪をいただいた峰に四方を囲まれている谷間の道をたどった。

凍りつき、白く輝くこの砂漠の上に陽光が雨のように降り注いでいた。陽光はこの砂漠を、目もくらむばかりの冷たい炎で燃え上がらせていた。山々がつくりだすこの大海原のなかには、いかなる生き物も姿を見せなかった。このとてつもない孤独のなかには、動きというものがなく、深い静寂をかき乱すような音は何ひとつとして聞こえなかった。

若いガイドのウルリヒ・クンジは、脚が長く、背の高いスイス人だった。クンジは、ハウザーおやじや、老ガイドのガスパルト・ハリを、いつのまにかうしろに残し、二人の女を乗せたラバに追いついていた。

女たちのうちの娘のほうは、彼が近づいて来るのを眺めやり、悲しげな目で何事か訴えているようだった。娘は、小柄な金髪の田舎娘で、ミルクのように白い頬といい、色の淡い髪の毛といい、氷に囲まれて長年暮らしてきたせいで、すっかり色がさめてしまったかのようだった。

クンジは、女の乗っているラバに追いつくと、ラバの尻に手をのせ、歩みをゆるめた。母親のハウザーが、彼に話しかけ、冬籠もりにそなえるありとあらゆる注意を、きりもなくことこまかに語って聞かせた。ハリ老人のほうは、雪に埋もれたシュヴァーレンバハの冬を十四回も経験しているが、ウルリヒにとっては、今回が初めてなのだ。

ウルリヒ・クンジは、耳を傾けてはいたものの、あまりぴんとこないようで、若い娘のほうばかり見ていた。時どき「はい、わかっています」と答えてはいたが、心ここにあらずで、穏やかな顔にはなんの反応もあらわれていなかった。

一行はダウベン湖に到着した。谷底では、凍りついた広い湖面がのっぺらぼうにひろがっている。右手ではダウベンホルンが、突兀《とっこつ》たる黒い岩肌を見せ、そのかたわらには、レーメルン氷河の巨大なモレーン（氷河によって運ばれ、堆積した土砂）が見え、さらにその上には、ヴィルトシュトルーベル（アルプスの高峰。標高三二四四メートル）がそびえている。

そこから下り坂が始まるゲミ峠に近づくと、一行の目に、ローヌ川の広々として深い渓谷をあいだにはさんで、ヴァリス・アルプス（ローヌ川の南側の山々）の壮大な遠景が不意にあらわれた。

遠く彼方に見えるのは、ずんぐりしていたり、先端をとがらせていたりするふぞろいな白い山々で、いずれも日の光にきらめいていた。二つの尖峰をもったミシャベル、ヴァイセホルンの力強い連峰、重厚なブルネクホルン、人殺しと言われるほど恐れられて高くそびえ立つマッターホルン、化物じみた妖婦にもくらべられるダン＝ブランシュなどの山々であった。

それから、一行は、ロイクの村を目にした。それは眼下の大きな穴のようなもののなかに、言いかえれば、恐るべき深淵の底にあり、村の家々は、巨大な裂け目に投ぜられた砂粒のようだった。この裂け目の一端は、ゲミ峠にふさがれて終わり、彼方に見えるもう片方の端は、ローヌ川に突き破られて開いている。

小道は、切り立つような山腹を縫って、何度も何度も行きつ戻りつし、ひどく気紛れな線を描いて蛇行し、眼下のほとんど目にはいらないくらい小さな村まで続いている。ラバはこの小道のほとりで歩みをとめた。女たちは雪の上にとびおりた。

二人の老人も追いついてきた。

「さあ、お別れだ。来年また会うまで達者でな」と、ハウザーおやじが言った。

ハリ老人が、「じゃあ、また来年」と言った。

二人はキスをした。それからハウザーのかみさんも頬をさしだし、娘のほうも同じようにした。

ウルリヒ・クンジの番になったとき、彼は、ルイーゼの耳もとに、「山籠もりの連中を忘れないでいて下さいね」と、ささやいた。娘は、「忘れないわ」と言ったが、あまり小さな声だったので、言葉は聞こえず、ただそれと察しられただけだった。

「さあ、お別れだ。達者でな」と、ヨハン・ハウザーがまた言った。

彼は、女たちの先に立って、下《くだ》り始めた。

やがて三人とも、小道の最初の曲がり角で姿を消した。

二人の男は、シュヴァーレンバハの宿に向かって引き返した。

二人は、黙ったまま肩をならべてゆっくりと歩いて行った。これで終わりなのだ。これからさき、四、五カ月は、顔と顔をつき合わせるようにして、二人だけで暮らして行かねばならないのだ。

ガスパルト・ハリが、去年の冬の生活を語り始めた。ミヒェル・カノールと一緒だったが、カノールは今年また同じことをするには年を取りすぎていた。この長い孤独な生活の中途で、どんな思いがけないことが起きるかわからないからだ。それはそれとして、去年、二人は、退屈などしなかった。肝心なことは、最初の一日目から、きっぱりとあきらめをつけることで、しまいには、いろんな気晴らしや、遊びや、暇つぶしをつくりだせるものなのだ。

ウルリヒ・クンジは、目を伏せて聞いていたが、心のなかでは、ゲミ峠のうねうねした小道を通って村に下って行った人々のことを考えていた。

ほどなく二人は、山の宿が見えるあたりまで来た。といっても、宿は、恐るべき大波のような雪の下のほうに、わずかに見える程度のじつに小さな、黒い点にすぎなかった。戸を開けると、縮れ毛の大型犬ザムが二人のまわりをとびはねた。

「さあ」と、ガスパルト老人が言った。「女たちはもういないんだから、自分で夕食の支度をしなきゃならない。きみは、ジャガイモの皮を剝いてくれ」

二人は、木製の腰掛けに座り、スープにパンを浸して食べた。

ウルリヒ・クンジにとって翌日の午前中は、長いものに思われた。ハリ老人は、タバコをふかし、暖炉のなかに何度も唾を吐いた。若者のほうは、家の前のきらめくばかりに白い山を窓から眺めていた。

若者は、午後になると外出し、前日と同じ道をたどり、二人の女を運んだラバの蹄《ひづめ》の跡を探した。ゲミ峠まで来ると、崖ぎわで腹這いになり、ロイク村をじっと眺めた。

それは、岩山の深い窪《くぼ》みのなかにある村だが、まだ雪に埋もれてはいなかった。雪はもうすぐそばまで来ていたが、村の周囲を守るモミの森で足止めされていた。上から眺めると、平屋建ての人家は、まるで牧場に敷石をならべたように見えた。

これらの灰色の家のどれか一つに、ハウザーの娘はいるのだ。どの家だろう？ 人家を一軒ずつ見分けるには、ウルリヒ・クンジのいる場所は、あいにくと遠すぎた。ウルリヒは下って行きたくてたまらなくなった。降りて行けるのも今のうちなのだ！

しかし、日はすでにヴィルトシュトルーベルの大きな山頂の陰に没していた。若者は、宿に帰った。ハリ老人は、タバコをふかしていた。相棒が帰って来たのを見ると、トランプをしようと言い出した。二人は、テーブルに向かいあって腰掛けた。

二人は、ブリスクという単純なゲームを長いことやっていた。それから夕食をとり、寝てしまった。

それに続く日々も、最初の一日と同じだった。寒くて晴れわたり、新雪が積もることはなかった。ガスパルト老人は、こんなに寒い高地にもたまには迷いこんで来るワシなどの鳥を射止めようとして、午後を過ごした。一方、ウルリヒのほうは、ゲミ峠に行っては、村の様子を眺めるのが習慣になった。それから二人は、トランプだの、ダイスゲーム（さいころを用いた遊び）だの、ドミノ（二十八枚の札を用いるゲーム）だのをし、勝負を面白くするために、わずかな金を賭け、勝ったり負けたりした。

ある朝、さきに起き出していたハリが、相棒を呼んだ。ふわふわと軽く、そのくせ深々としていて、やたらに動きまわる白い泡のようなもの、雲のようなものが二人の上や、二人のまわりに、音もなく舞い降り、二人を分厚く鈍重な泡のマットレスの下に少しずつ埋めこもうとしていた。それが四日四晩続いた。入口と窓を掘り出して、通路をうがち、階段をこしらえねばならなかった。そうしないと、氷を砕いて粉にしたようなこの雪の上に、出ることすらできなくなるのだった。なにしろ、十二時間もたつと、この氷の粉は凍結して、氷河が運んできた花崗岩よりももっと固くなってしまうからだ。

それからは、二人とも、住居の外に出ることはほとんどなくなり、まるで囚人のように暮らした。二人は分担した仕事を規則正しく果たしていった。ウルリヒ・クンジは、掃除、洗濯など、およそ衛生に関する作業を受けもち、薪《まき》を割るのも彼の仕事だった。一方、ガスパルト・ハリは、台所仕事や、火を絶やさない役を受けもった。きまりきった単調な仕事を中断させるものといっては、トランプや、ダイスの長ったらしいゲームよりほかには何もなかった。二人とも、穏やかで冷静な性質だったから、喧嘩をするようなことは決してなかった。いらだつことも、不機嫌になることも、とげとげしい言葉を口にすることもなかった。それというのも、二人とも、深いあきらめの境地で、この山籠もりにのぞんでいたからである。

時どき、ガスパルト老人は、鉄砲をもって、カモシカ撃ちに出かけた。時には獲物をしとめることもあった。すると、シュヴァーレンバハの宿では、宴会が催され、二人は新鮮な肉のご馳走をたっぷり食べるのだった。

ある朝のこと、例によってガスパルト老人は出かけていった。戸外の温度計は、零下十八度をさしていた。日はまだ昇っていなかった。猟に出たガスパルト老人は、ヴィルトシュトルーベル方面で、獲物を狙うつもりだった。

一人居残ったウルリヒは、十時まで寝ていた。元来、朝寝坊の癖があったが、いつも元気で朝が早い老ガイドが家にいれば、そうそう自分の好みにまかせるわけにもいかなかっただろう。

ウルリヒは、これまた、昼となく夜となく暖炉の前で眠りこけているザムと一緒に、ゆっくりと昼食をとった。それが終わると、なんとはなしに気の滅入るような感じというか、孤独におびえるような気分にとらえられてしまった。そして、習慣の力とは恐ろしいもので、いつものようにトランプがしたくてたまらなくなってきた。

それからウルリヒは、四時には帰ると言っていた相棒を迎えにおもてに出た。

雪が、深い谷間を平らにし、クレバスを埋め、二つの湖を消し、岩をつつんでしまっていた。広大な峰と峰とのあいだには、巨大な雪の桶のようなものができあがり、その桶はきれいな形に凍りついて、まばゆいばかりに白かった。

ウルリヒが、村を見下ろす崖っぷちのところに行かなくなって三週間がたっていた。そこで、ヴィルトシュトルーベルに向かう山道を登り始める前に、もう一度そこに行ってみたくなった。ロイクも、今では、雪の下に埋もれていた。白い外套につつまれた人家は、もはや見分けのつかないものになっていた。

それから、ウルリヒは、右に折れると、レーメルン氷河に到達した。彼は、石のように固くなった雪を、アルペンストックで突きながら、いかにも山男らしく大股に歩いて行った。そして、この途方もなく広い雪原の彼方に、動く小さな黒点を探そうとして、鋭い目を向けた。

氷河のほとりに来たとき、老人ははたして本当に、この道を通ったのだろうかという疑問が浮かび、立ち止まった。それから、不安になって、さらに速い足取りで、モレーンにそって歩いた。

日は傾き、雪はバラ色になった。凍って透明になった雪の表面を、冷たく乾いた風が、時どきさっと吹き抜けて行った。ウルリヒは、甲高い、震えるような、長く尾を引く叫び声をあげて友を呼んだ。声は、山々を眠らせている死の静寂のなかを飛んで行った。声は、凍りついた泡の、深くて動かない波の上を、はるか遠くへと響いて行った。それは、まるで大海原の波の上をかすめて行く、鳥の声のようだった。そして声は消え、答えるものは何もなかった。

ウルリヒは、歩き出した。彼方では、日がすでに没し、夕空の残照が山々の頂を朱《あけ》に染めていた。谷底は、はや灰色に暮れかかっていた。若者は、にわかに恐怖を覚えた。これら冬の山々の静寂と冷気と孤独と死が、体のなかに入り込み、血を凍らせてその流れをとめ、手足をこわばらせ、自分を凍りついた動かない存在にしてしまうのではないかと思われた。ウルリヒは、山の宿をめざして、逃げるように走り出した。老人は自分の留守中に帰っているにちがいないと思った。きっと別の道を通ったにちがいないのだ。今頃は、しとめたカモシカをそばに置いて、暖炉の火にあたっているのだ。

やがて宿が見えた。しかし煙は立ちのぼっていなかった。ウルリヒは、急いで駆けつけ、扉を開けた。ザムが、喜んでとびついてきたが、ガスパルト・ハリは帰って来ていなかった。

びっくりしたクンジは、四方八方を見回した。どこか隅のほうに、相棒が身をひそめているような気がしたのだ。それから、老人が今にも帰ってくるのではと思いながら、火をおこし、スープを作った。

時どき姿が見えはしないかと思って、クンジは、外に出てみた。すっかり夜になっていた。それは、山中独特の青白い夜、青ざめた夜、鉛色の夜だった。黄色く細い三日月が、地平線のきわにかかり、まさに山頂の陰に没しようとしながら、闇夜を照らし出していた。

若者は宿に入り座り込んだ。手足を温めながら、あり得る事故をいろいろと考えてみた。

ガスパルトは脚の骨を折ったのかもしれないし、穴に落ちたのかもしれない。足を踏み外して踝《くるぶし》を挫《くじ》いたのかもしれない。ガスパルトはきっと、雪中に倒れ、寒さにこごえ、手足をこわばらせ、絶望し、途方にくれ、救いを求めるために、夜の静寂《しじま》に向かって、声をかぎりに呼び叫んでいるにちがいなかった。

でも、どこにいるのだろう？　この付近の山は、あまりにも広く、とりわけこの冬の季節には、あまりにも厳しく危険だった。このだだっ広い山中で、一人の人間を探し出すためには、十人か二十人ぐらいのガイドが、一週間ものあいだ、四方八方歩きまわらねばならなかった。

けれども、もしもガスパルト・ハリが、夜中の十二時と一時のあいだに戻って来ない場合には、ザムを連れて出かけようと、ウルリヒ・クンジは決心した。

そこで彼は支度をした。

リュックサックには二日分の食料を入れ、アイゼンを用意し、腰のまわりには細くて強いロープを巻きつけた。アルペンストックの具合や、氷に足場をつけるためのピッケルの状態をチェックした。それから彼は待った。火は暖炉のなかで燃え、大型犬は、炎に照らされつつ、いびきをかいて眠っていた。柱時計は、よく響く木製のケースのなかで、心臓のように規則正しく時を刻んでいた。

ウルリヒは、遠い音に耳を傾け、かすかな風が屋根や壁に当たっても体をおののかせた。そして時が過ぎるのを待った。

十二時が鳴った。ウルリヒは体をぴくっとさせた。おびえて体が震えるので、湯を沸かし、熱いコーヒーを飲んでから出かけることにした。

柱時計が一時を打つと、ウルリヒは立ち上がり、ザムを起こした。そして戸を開けるとヴィルトシュトルーベルの方角をめざして出発した。五時間のあいだ、彼は登攀《とうはん》を続けた。アイゼンを使って岩をよじのぼったり、氷を切り刻んだり、時には、あまりの急峻ゆえに断崖を登りあぐねる犬を、ロープで吊りあげたりしながら、登って行った。ガスパルト老人が、よくカモシカを撃ちに行く山頂の一つに六時頃到達した。

それからウルリヒは、日の出を待った。

頭上では空が白みかけていた。どこからともなくさしてきた不思議なほの明りが、周囲四百キロにわたる青白い峰々の海原を、にわかに照らし出した。この茫漠とした明りは、まるで雪自体のなかから生まれいで、そうして空間のなかにひろがっていくもののように思われた。しだいに、遠くの山々のうちの高峰が、みんなまるで人肌のような淡いバラ色に染まり、赤い太陽が、ベルナー・アルプス（ローヌ川の北側の山々）の重厚な巨峰の陰に姿をあらわした。

ウルリヒ・クンジはまた歩きだした。まるで猟師のように、前かがみになって足跡を探し、「ザム、見つけておくれ」と言いながら歩いて行った。

今や彼は、下り坂にかかっていた。谷底を目で探り、時には、声を長くのばして呼んでみたが、その声は広大な静寂《しじま》のなかにたちまち消え去った。そこで、ウルリヒは、地べたに耳を押し当てて、じっと聞き入った。何か声が聞こえたかと思い、走りだし、もう一度呼んでみたが、何も聞こえなくなったので、疲れはて、がっかりしてその場にへたりこんだ。お昼頃、食事をし、自分同様に疲れきったザムにも食べさせた。それからまた捜索を開始した。

日が暮れた頃、ウルリヒはまだ歩いていた。山道をもう五十キロも歩いてしまっていた。宿に帰るには遠すぎたし、これ以上歩くにはあんまりくたびれすぎていたので、雪のなかに穴を掘った。そして、持参した毛布のなかに、犬と一緒にくるまり、そこにうずくまった。人間と動物は、こうして体と体をつけあい、暖めあって寝たが、体は骨の髄まで冷えきったままだった。

ウルリヒはほとんど眠れなかった。心は幻覚につきまとわれ、手足の震えがとまらなかったのだ。

ウルリヒが起き上がったとき、日はまさに昇ろうとしていた。手足はまるで鉄の棒のようにこわばり、心は衰弱して不安におののき、今にも叫びだしたくなるくらいだった。何か物音を耳にすると、おびえて心臓が激しく高鳴り、そのまま倒れてしまいそうになった。

彼はふと、こういう寂寞たる状態のなかにいては、自分も凍《こご》え死んでしまうのではないかと思った。すると死にたいする恐怖が、エネルギーを呼びさまし、体力をよみがえらせた。

ウルリヒは、転んだり起き上がったりしながら、今度は宿のほうに向かって降りて行った。三本脚でよろよろ歩いているザムも、だいぶ遅れて後からついて来た。午後の四時頃になって、ようやくシュヴァーレンバハの宿に到着した。家には人気《ひとけ》がなかった。若者は、火をおこし、食べ、眠った。へとへとになっていたので、もう何も考えなかった。

ウルリヒはどうしようもない睡魔にとらえられ、じつに長いこと眠った。しかし、突然、「ウルリヒ！」と自分の名を呼ぶ声、叫び声が聞こえて、深い眠りから覚め、起き上がった。夢を見ていたのだろうか？　それとも不安にかられている人が夢で聞くという、あの不思議な呼び声を耳にしたのだろうか？　いや、あのおののくような叫び声はまだ聞こえていた。声は、耳に入り、神経質に震える指先の肉にまで達し、そこにまだとどまっているように思われた。たしかに誰かが叫び、誰かが「ウルリヒ！」と、呼んだのだ。誰かが家の近くにいたのだ。彼はもうそれを疑うことができず、戸を開けると、

「おーい、ガスパルトかあ」と、声をかぎりに叫んだ。

返事は何もなかった。いかなる音もつぶやきも呻《うめ》き声も聞こえなかった。夜になっていた。雪が青白かった。

風が吹き始めていた。それは岩も割るばかりの凍った風であり、荒涼たる高地に何ひとつ生き物を残しておかない風だった。火のように燃えつつ砂漠を吹く風よりも、もっと乾燥し、さらにいっそう致命的な突風が吹きつけてきた。ウルリヒはふたたび「ガスパルト！　ガスパルト！　ガスパルト！」と、大声で呼んだ。

それから待った。山上のすべては沈黙したままだった。すると、彼は、骨まで恐怖心にゆすぶられた。ウルリヒはあわてて宿のなかに駆け込み、戸を閉めるとなかから鍵をかけた。それから、震えながら、倒れこむように椅子に座った。友が、今際《いまわ》のきわに自分の名を呼んだにちがいないと、ウルリヒはかたく信じた。

生きていることがたしかで、パンを食べていることもたしかなように、これは間違いないことだとウルリヒは思った。ガスパルト・ハリ老人は、二日三晩のあいだ、どこかの穴のなかで断末魔の苦しみを味わったにちがいない。深い窪地に落ち込み、地下の暗闇よりももっと不吉な、純白の雪に囲まれていたにちがいない。二日三晩、苦しんだ挙句、ウルリヒのことを考えながら、今しがた死んだところなのだ。老人の魂は、肉体を離れるやいなや、ウルリヒが眠る宿のほうに飛んで来たのだ。霊となって生者のもとを訪れる死者たちの、神秘的、かつ恐るべき力を使って、ウルリヒの名前を呼んだのだ。声なき亡霊が、眠るウルリヒの疲弊した魂のなかで叫んだのだ。その叫びは、最後のいとま乞いだったのかもしれない。あるいは、自分を十分に探してくれなかったことにたいする、非難と呪詛《じゅそ》の言葉だったのかもしれない。

ウルリヒは、その死霊をすぐそばに、壁のうしろや、たった今閉めたばかりの戸の背後に感じた。死霊は、明りのともる窓に羽で触れる夜の鳥のように、さまよい飛んでいるのだ。そう思うと、若者は動転し、恐怖の叫びをあげそうになった。若者は逃げだしたかったが、外に出る勇気はなかった。そのような勇気は今もないし、今後もずっとないだろう。なぜなら、老ガイドの死体が発見されて、墓地の聖なる土地に埋葬されるまでは、亡霊は、昼も夜も宿の周囲をうろつきまわり続けるにちがいないからだ。

夜が明けた。輝かしい太陽が戻ってきたので、クンジは、いくらか安心をとりもどした。クンジは、自分の食事を用意し、犬のためにスープを作った。それから、椅子の上で身じろぎもせず、雪の上に横たわっているはずの老人のことを悲痛な思いで考え続けた。

それから、夜の闇がふたたび山をつつむと、クンジはあらたな恐怖に襲われた。今や、彼は、一本のロウソクのか細い炎に照らされているだけの暗い台所のなかを、歩きまわっていた。前の晩のような恐ろしい叫び声が、戸外の陰気な静寂を破ってまたも聞こえて来るのではないかと思い、じっと耳をすました。そして大股で台所の端から端へと何度も何度も行ったり来たりした。すると、あわれな若者は、どんな人間もかつて味わったことがないほど、自分が独りぼっちであることを感じた。このだだっ広い雪の砂漠のなかで、自分は独りぼっちなのだ。人の住んでいる土地からは二千メートルも高い場所、人家のはるか上のほうに自分はいるのだ。活気にあふれ、騒々しく躍動する人生のはるか上のほうの、凍《い》てついた空のなかで独りぼっちでいるのだ！　どこでもいい、どのようにしてでもいい、とにかくここから逃げだし、断崖から身を投げてでもロイク村に降りて行きたいような、やみくもな欲望に若者はとらえられた。しかし、戸を開ける勇気すら彼にはないのだった。なぜなら、もう一人の男、死んだ男が、自分一人山奥にとり残されまいとして、通り道をふさぐにちがいないと思われたからだ。

真夜中頃、歩き疲れたウルリヒは、不安と恐怖でへとへとになって椅子の上でまどろんだ。というのも、彼はまるで幽霊屋敷でも恐れるように、自分のベッドを恐れていたからだ。

すると不意に、前の晩に聞こえたのと同じ鋭い叫び声が、耳をつんざいた。その声は、あまりにも鋭かったので、ウルリヒは亡霊を押しのけようとして、両腕を突き出したくらいだった。そのとたんに彼は、椅子もろとも床にひっくり返ってしまった。

この音に目を覚ましたザムは、いかにもおびえきった様子で吠え出した。犬は、危険のみなもとを探そうとして、宿の壁の内側にそってぐるぐるまわり出した。戸のところまで来ると、犬は扉の下を嗅いだ。毛をさかだて、しっぽをぴんとのばして、鼻息も荒く、くんくんと嗅ぎまわり、低いうなり声をあげた。

クンジは、無我夢中で立ち上がると、椅子の脚をつかんでふり上げ、「入って来ちゃいけない。入って来ちゃいけない。入ると殺すぞ」と、叫んだ。すると犬は、このおどしにけしかけられ、主人が大声で立ち向かっている目に見えない敵にたいして、激しく吠えたてるのだった。

ザムはしだいに落ち着きを取り戻し、暖炉のそばにやって来て寝そべった。しかし、犬は、やはり不安げで、頭をもたげ、目を光らせ、牙のあいだから低いうなり声を洩らしていた。

ウルリヒも、やはり我に返っていたが、恐怖でいてもたってもいられなかったので、食器戸棚のなかからブランデーを一本とり出してきて、たてつづけに何杯もあおった。考えはまとまらなくなったが、勇気は出てきた。血管のなかを熱が火のように走った。

その翌日、ウルリヒは、アルコールを飲むばかりでほとんどものを食べなかった。こうして何日かのあいだ、正体もなく酔いしれていた。ガスパルト・ハリのことが頭に浮かぶと、また飲みだし、ついに酔っ払って床《ゆか》に倒れるまで飲んだ。そして死んだように酔いつぶれ、倒れふすと、手足をしびれさせたまま額を床につけ、大いびきをかいて眠った。しかし、飲む人を狂わせる、焼けつくばかりの液体を、体が吸収しつくしてしまうと、またもや「ウルリヒ!」と呼ばわる叫び声が、まるで頭蓋を貫通する弾丸のように彼を目覚めさせた。彼は、よろめきながら立ち上がり、倒れまいとするかのように両腕をさしのべ、ザムに助けを求めた。すると犬は、どうやら主人と同じく気が狂ったようで、扉をめがけて駆け寄ると、それを爪でひっかき、白く長い牙をむいて扉にかみついた。一方、若者のほうは、運動のあと冷たい水を飲むように、顔をのけぞらせてがぶがぶとブランデーを飲んだ。このブランデーのおかげで、彼の意識も、思い出も、ものの狂おしい恐怖も、やがては遠のくのだ。

三週間たつと、ウルリヒは手持ちのアルコールを飲みつくしてしまった。連日の泥酔は、恐怖心をまぎらせただけだった。恐怖をしずめる手段がなくなるやいなや、それはいっそうものすごいものになって戻ってきた。すると例の思い込みは、一カ月にわたる泥酔によっていよいよ激しくなり、完全な孤独のなかでは強くなる一方で、まるで錐《きり》のように深く体内に突きささってくるのであった。今ではウルリヒは、檻《おり》のなかの野獣のように家のなかを歩きまわり、相手がいるかどうか確かめるために、耳を戸にあて、壁ごしに罵声をあびせていた。

それから、疲れに負けて、うとうとするやいなや、また声が聞こえ、彼ははっとしてはね起きるのだった。

とうとうある晩のこと、追いつめられた臆病者がよくやるように、ウルリヒは扉のところに走りより、自分を呼ぶものの正体を見極めて、黙らせてやろうと、扉を開けた。

ウルリヒは、さっと吹きよせる冷気をまともに顔に受け、骨まで凍るかと思った。彼は、ザムがおもてにとんで行ったのにも気づかないまま、扉を閉めると、なかから鍵をかけた。それから、寒さに震えながら、暖炉に薪をくべ、体を暖めるためにその前に座り込んだ。しかし、ウルリヒはにわかに体をおののかせた。誰かが泣き叫びながら壁をひっかいているのだ。

ウルリヒが、度を失って、「消え失せろ！」と叫ぶと、長く悲しげな鳴き声がそれに応えた。

すると、残っていたわずかばかりの正気も、恐怖心のために吹き飛ばされてしまった。「消え失せろ！」とくり返して叫びながら、彼は、どこか身を隠す場所はないかと、四方八方を見回した。相手のほうは、相変らず鳴きながら、壁に体をこすりつけ、家のまわりをぐるぐると回っていた。ウルリヒは、食器や食料がいっぱい入っている、カシの木で作られた戸棚をめがけて突進した。そして、人間業とは思われないほどの力で戸棚を持ち上げると、戸口にひきずって行き、それでもって扉をふさいで、バリケード代わりにした。それから、家具とか、マットレスとか、藁布団《わらぶとん》とか、椅子とかを手当り次第に積み上げ、敵からの攻撃にそなえるかのように、窓をふさいでしまった。

けれども、おもてにいるほうのやつは、今や陰惨極まる大きな呻き声をあげていた。それにたいして若者のほうも似たり寄ったりの呻き声で応え始めていた。

こうしてたがいに喚《わめ》きあっているうちに、いく日もいく晩もたってしまった。一方は、たえず家のまわりをぐるぐると回り、ものすごい力で爪を壁に突きたてたので、まるで壁を壊そうとしているかのようだった。もう片方は、家のなかにいて、腰をかがめ、耳を壁に押し当て、相手の動きから注意をそらすまいとしていた。そして、相手の声に応じて、ものすごい叫び声をあげていた。

ある晩、ウルリヒにはもう何も聞こえなくなった。ウルリヒは座り込むと、あんまりくたびれていたので、すぐに眠りこんだ。

この眠りのあいだに、頭のなかがからっぽになってしまったようだった。だから目を覚ましたとき、彼には記憶も思考もなかった。ただ腹がすいていたので、ものを食べた。

冬が終わった。ゲミ峠の道も通れるようになったので、ハウザー一家は、山の宿に戻るために出発した。

峠の上まで来ると、女たちは早速ラバに乗った。すると、やがて再会するはずの二人の男たちについて話がはずんだ。

道は、四、五日前からもう通れるようになっていたので、二人の男の片方なりと下山して、長かった冬籠もりの様子を知らせてくれてもよさそうなものだと思い、女たちは不審な気持を禁じえなかった。

やっと、山の宿が見えてきた。宿はまだ雪に覆われ、ふさがれている。戸も窓もしまったままだ。屋根からほそぼそと煙がたちのぼっているのを見て、ハウザーおやじはほっとした。しかし、宿に近づくと、入口のところに、動物の骸骨があるのが見えた。それはワシについばまれた、腹這いになっている大きな骸骨だった。

みんなは骸骨を点検した。「これはザムにちがいないよ」と、母親が言った。それから母親は、「ガスパルト!」と、叫んだ。家のなかから、応える声が聞こえたが、それはけだものが発したとしか思われないほど鋭い叫び声だった。ハウザーおやじも「おーい、ガスパルト!」と呼んだ。前のと同じような叫び声がまた聞こえた。

そこで三人の男、つまり父親と二人の息子が戸を開けようとした。戸は開かなかった。男たちは、馬のいない馬小屋から長い梁《はり》をもち出して来て、それを力いっぱい戸にぶつけた。扉はきしみ、壊れ、木の板はこっぱみじんになった。それから家じゅうをゆすぶるような大音響がしたと思うと、屋内の転倒した食器棚のうしろに、一人の男が立っているのが見えた。男の髪の毛は肩にかかるほど長く、ひげは胸にまでたれさがり、目はぎらぎらと光って、体にはぼろをまとっている。

みんなにはそれが誰だかわからなかった。けれどもルイーゼ・ハウザーが、「かあさん、ウルリヒよ」と、叫んだ。すると母親は、髪の毛こそ真っ白になってはいるものの、間違いなくウルリヒであることを認めた。

ウルリヒは、みんながそばに来て、自分の体にさわってもおとなしくしていた。しかし、どんなに質問されても一言も答えようとはしなかった。ロイクまで連れかえって医者に見せると、気が狂っているという話だった。

ウルリヒの相棒がどうなったかは、とうとうわからずじまいだった。

その年の夏、ハウザーの娘は、得体の知れない病気にかかって衰弱した。危うく死ぬところだったが、みんなはそれを山の冷気のせいにした。

(*L'Auberge*)

小作人

ルネ・デュ・トレーユ男爵が、私に言った。

「マランヴィルの私の農場で、狩猟開きをしたいんですが、ごいっしょ願えませんかね。おいで下さればこんなに嬉しいことはありません。なにせ、私は独りぼっちでしてね。この猟場は、交通の便のひどく悪いところですし、寝泊まりする家も大変粗末なんで、ごく親しい人しかお招きできないんですよ」

私は誘いに応じた。

そんなわけで、私たちは、ある土曜日のこと、ノルマンディー線の汽車に乗って出発した。アルヴィマール駅で下車すると、ルネ男爵は、田舎風の荷車に腰掛けをのせただけのようなものを指さしたが、曳《ひ》いているのは臆病そうな馬で、手綱《たづな》を取っているのは、白髪の大柄な農夫だった。

「これがわれわれの馬車ってわけです」と、男爵が言った。

農夫は、主人に向かって手をさしだし、男爵は、その手を力強く握りしめて、

「ルブリュマン、元気かい」と訊《たず》ねた。

「相変らずでごぜえます、男爵様」

私たちは、馬車に乗り込んだ。それは、途方もなく大きな二つの車輪の上に、ニワトリ小屋をのせたような代物で、ひどい揺れようだった。

若い馬は、いきなり、脇のほうに一、二歩行きかけたあとで、ようやく前方に向かって全速力で走り出した。私たちは、ボール玉のように空中に跳ね上げられ、木製の腰掛けの上に体が落ちるたびごとに、ひどい痛みに襲われるのだった。

農夫は落ち着き払った単調な声で、

「はいどう、はいどう。おとなしくするんだよ。ムタール、おとなしくするんだよ」

と、くり返していた。

しかしムタールはそんな言葉に耳を貸すどころか、まるで子ヤギのように飛びはね続

けた。

馬車の後方のあいている空間では、二匹の犬が前足を立て、獲物の匂いがまじる野風をくんくんと嗅いでいた。

男爵は、はるか遠くへとひろがるノルマンディー地方のもの淋しい平原を、悲しそうな目つきで眺めていた。起伏に富んだ平原は、大きなイギリス風庭園、それもとてつもなく大きな庭園に似ていて、そこかしこに、二列もしくは四列の樹木に囲まれた農家の庭が点在しており、庭には、家を覆い隠すばかりの巨大なリンゴの木がいっぱいに植えられていた。見渡す限り、眼前にひろがるのは、巨木と、木立と、灌木の茂みばかりで、造園家が、王様の庭を設計するにあたって実現しようとした眺めもかくやと思われた。ルネ・デュ・トレーユが、突然つぶやいた。

「ぼくはこの土地が好きです。ぼくという人間の根っ子がここにあるんです」

彼は、背が高くがっしりとし、こころもち腹の突き出た男で、生粋《きっすい》のノルマンディー人だった。大海原を押し渡り、どこの岸辺へでも出かけていって、王国を建設してのける冒険家たちの古い種族に属していた。デュ・トレーユ男爵の年格好は、およそ五十ばかりで、馬車を御している農夫と較べると十歳ぐらいは若かったろう。その農夫は、全身これ骨と皮ばかり、と言いたいぐらいの痩せた男だったが、これは一世紀ぐらいは生き延びるタイプの人間だった。

どこまで行っても代わりばえのしない緑の平原を通って、石ころだらけの道を二時間ばかり走ったのち、おんぼろ馬車は、例のリンゴの木の植わっている庭の一つに入って行った。そして、荒れた陋屋《ろうおく》の前で止まった。家の前では、老いた女中が、若者と並んで待っていて、馬のくつわを取ったのは若者のほうだった。

農家に入ってみると、すすけた台所は広々としていて、天井が高く、鍋や食器が、暖炉の光に照らされてぴかぴかに光っていた。椅子の上では猫が眠り、テーブルの下では犬が眠っていた。家のなかは、牛乳と、リンゴと、煙の匂いがした。それは、古い農家によくあるあの名状しがたい匂い、土と壁と家具の匂い、しばらく前にこぼしたスープの匂い、古い洗濯物の匂い、古い住人の匂い、動物と人間のいりまじった匂い、物と人間の匂い、時代の匂い、過去の匂いだった。

私は、庭を見ようと思っておもてに出た。庭は大変に大きく、そこに植えられた沢山のリンゴの木は、いずれも年を経て、ずんぐりとし、幹がねじまがり、たわわに実をつけていた。時どき、まわりの草の上にリンゴの実が落ちた。ちょうど、南フランスの海岸地帯ではオレンジが匂うように、この庭では、ノルマンディー地方特有のリンゴの香りが強く匂っていた。

四列のブナの木が、この土地をとり巻いていた。ブナの木は、背が非常に高く、夕暮れのこの時刻には、あたかも空の雲に達するかに思われた。梢は、夕風が渡ると、激しく揺れ、いつ果てるともない悲しい嘆きの歌をうたうのだった。

私は家のなかに戻った。男爵は、足を暖めながら、小作人が、村のよもやま話をするのに聞き入っていた。結婚、子供の誕生、人の死、穀物の値の下落、家畜の話、などだった。ヴーラルド（原注――ヴールで買った牝牛なのでこう呼ばれた）が、六月半ばに子牛を産んだ。去年のリンゴ酒は出来が悪かった。リンゴ酒に向くリンゴは、年々この地方から姿を消すいっぽうなのだ。

それから夕食になった。それは、素朴で、量がたっぷりあって、静かにゆっくり時間をかけて食べる、いかにも田舎風のおいしい夕食だった。そして食事のあいだじゅう、私は、男爵と農夫が親しみのこもった一種格別な好意で結ばれているのに気づいた。そのことに、じつは、私ははじめから強い印象を受けていたのだったが。

おもてでは、北風にあおられて、ブナの木がうなり続け、家畜小屋に閉じ込められた犬どもは、悲しげに鳴いたり、吠えたりしていた。大きな暖炉では、火が消えた。女中はもうとっくに寝に行ってしまっていた。ルブリュマンじいさんも言った。

「男爵様、よろしければ、寝かせていただきますだよ。わしには、あんまり夜更かしの習慣がないもんで」

男爵は、じいさんに手をさしだすと、「いいとも。おやすみ」と言った。その口調がじつにやさしかったので、じいさんがいなくなるや、私は訊ねた。

「あの小作人は、よほど忠実なようですね」

「いや忠実以上ですよ。これには訳がありましてね。私とあの男とは、単純ではありますが、じつに悲しい古い因縁で、結びつけられているのですよ。そのお話をしましょうか……」

*

ご存じかと思いますが、ぼくの父親は騎兵大佐でした。あのじいさんは、ある小作人の倅で、昔は父の従卒をしていたのです。父は退役の折り、当時四十歳ばかりだったその従卒を、自分の召使として雇い入れました。ぼくは三十歳でした。当時、ぼくたちは、コードベック＝アン＝コーに近いヴァルレーヌの館《やかた》に住んでおりました。

その頃、ぼくの母の小間使いをしていた娘は、じつにまれに見る美人でした。金髪で、きびきびと元気がよくて、すらりとし、今ではもう見かけなくなった古い型の、いかにも小間使いらしい娘でした。現在では、こういう娘はたちまち娼婦になってしまいます。鉄道ができたおかげで、パリは、娘盛りになるやいなや、この種の女性をひきつけ、呼び寄せ、自分のものにしてしまうんですね。こういう可愛らしい気のきいた娘でも、昔はただの女中のままでいたものです。ちょうど昔、徴兵係の軍曹が新兵を探して回ったように、今では、通りすがりの男たちが、娘たちをかどわかし、堕落させてしまいます。だから、女性という種族のなかのくず、鈍くて、下品で、俗で、不格好で、恋を語るにはあまりにも醜い女しか、女中としては残っていないんですね。

そんな訳で、この娘は魅力たっぷりな女でした。ぼくは時どき、薄暗い隅のほうでキスしたことはありましたが、それ以上のことをしたことはありません。誓って言いますが、それ以上のことはしていないんですよ。それにあれは真面目《まじめ》な娘でした。ぼくはと言えば、母の家でおかしな真似はしたくありませんでした。いまどきの悪童どもにはそんな気持はわからないかもしれませんがね。

ところで、あなたがさっきお会いになった年寄りの小作人ですがね。父の従僕で、もとは兵士だったあの男が、この娘に首ったけになったのです。それもちょっとやそっとの惚れようではなかったのです。まず第一にあの男は何もかも忘れ、もう何も考えられなくなってしまいました。

父は、しょっちゅう、くり返し言っていました。

「ジャン、いったいどうしたんだい。体でも悪いのかね」

「いえいえ。なんでもごぜえません」

彼は痩せました。それから給仕をするとき、コップを壊したり、皿を落としたりするようになりました。これはどうやら神経の病《やまい》らしいということになって、医者が呼ばれました。医者の見立てでは、脊髄症の徴候が見られるとかでした。そこで、従僕のことをたいそう気にかけていた父のことですから、彼を入院させることに決めました。あの男は、その話を聞いて、ついに白状したのです。

ある朝、父がひげを剃っていると、彼がおずおずとした声で言いました。

「男爵様……」

「なんだね」

「わしには薬は無用ですだ」

「じゃあ、何が入り用なのかね」

「結婚でごぜえます」

父はびっくりして振り向きました。

「結婚だって？　するとおまえには……誰か……好きな女でもいるのかい」

「そのとおりで」

父が、あんまり大きな声で笑いだしたものですから、母が壁ごしに訊ねました。

「ゴントラン、いったいどうなさったの」

「カトリーヌ、こっちへおいで」と、父が答えました。

母が部屋に入って来ると、父は、おかしさのあまり目に涙を浮かべ、要するに従僕のやつめ、恋の病にかかりおったのだと話しました。

母は、笑うどころか、むしろ心をうたれた様子でした。

「おまえの好きなのはいったい誰なの」

彼は、ためらうことなく言いました。

「ルイーズでごぜえます、奥様」

すると、母は、真面目な顔つきで言いました。

「わたしたちがなんとかうまく行くようにしてみましょう」

こうしてルイーズが呼ばれ、母にいろいろと訊ねられました。するとルイーズは、ジャンには何度も胸の内を打ち明けられているから、好かれていることはよく承知している、だが、自分としてはジャンと結ばれる気はないと言うのです。その理由をルイーズは言いたがりませんでした。

こうして二カ月ばかりがたちましたが、その間、父と母は、ジャンと結婚するようにルイーズにすすめてやみませんでした。ルイーズは、ほかに好きな男がいる訳ではないと誓ったのですから、この結婚話を断るまともな理由はないことになります。しまいに父は、高額の支度金を贈る約束までしてルイーズの抵抗を押し切りました。

こうして、今、現にぼくたちがいるこの土地で、二人は小作人として暮らすことになったのです。二人は、館を離れ、ぼくは三年のあいだ二人に会いませんでした。

三年たった頃、ぼくは、ルイーズが胸の病で死んだと聞きました。けれど、父と母があいついで亡くなったものですから、さらに二年間というものは、ジャンと二人きりで会うようなこともなく過ぎ去ったのです。

ある年の秋、あれはたしか十月の末だったと思いますが、この土地に猟に来てみようかという気になりました。ジャンはこの土地をしっかりと管理していて、獲物も豊富だと請け合っていたからです。

そんなわけで、ある日の晩方、ぼくはこの家にやって来ました。雨の降る晩でした。昔、父の従卒をしていた男に再会してみると、彼はすっかり白髪になっていて、ぼくはびっくりしてしまいました。なにせ、年から言って、四十五、六を出ていなかったんですからね。

今、ぼくらが座っているこのテーブルで、彼とさし向かいで夕食をとりました。おもてでは、激しく雨が降っていました。雨が、屋根と、壁と、ガラス窓をたたき、庭を川のように流れて行くのが聞こえました。犬は家畜小屋で吠えていました。ちょうど今晩、ぼくらの犬が吠えているような具合にです。

女中が寝に行ってしまうと、ジャンが急につぶやくような声で言いました。

「男爵様……」

「なんだい、ジャン」

「申し上げねばならねえことがごぜえますだ」

「ふむ、話してごらん」

「話しにくいんでごぜえますが」

「いいじゃないか」

「わしの女房だったルイーズのことを覚えておいでですか」

「もちろん覚えているとも」

「女房から旦那様に伝えてくれと、頼まれたことがごぜえますだ」

「どんな話なのかね」

「その……つまり……まあ、告白みたいなもので……」

「ほう。で、どういう?」

「その……本当は言いたくねえです……でも言わにゃあなんねえ……女房は胸の病で死んだんでねえ……悲しみが高じて、死んだんでさあ。詳しく話しますと、これから申し上げるようなことになりますので。

女房はここに来ると痩せました。すっかり面変わりして、六カ月もすると、見違えるほどになっちまいました。あれと結婚する前のわしみたいになりました。ただわしと女房があべこべになったのです。

医者を呼んで来ました。お医者様の言うには肝臓が悪いとか……その……その……肝炎だとかでごぜえました。わしは、それで、三百フラン以上も薬を買いました。でも女房めは、薬を飲みたがりませんでした。いやがりました。女房は言いました。

「飲んでも仕方ないんだよ、ジャン。無駄なんだよ」

わしには、女房に悩みごとがあるてえことがわかっておりました。一度など、女房が泣いているのを見たことがごぜえます。でもいったいどうしたらいいかわかりませんでした。帽子だの、ドレスだの、髪の毛につける油だの、耳飾りだのを買ってやりました。だけどなんの役にもたちませんでした。女房はもう長くねえな、とわしは思いました。

十一月の終わりのある晩のことでした。雪の降る晩でごぜえました。女房はその日は一日じゅうベッドに寝たきりでした。司祭様を呼びに行ってくれろと申しますので、わしは行きました。

「ジャン、あたしゃ、あんたに白状しなきゃならないことがあるんだよ。あのね、ジャン。あたしはあんたを裏切ったことはないよ。決してそんなことはないんだよ。結婚の前にも後にもそんなことはしたことがないんだ。あたしの魂をよくよくご存じの司祭様だって、そのことは請け合ってくださる。ジャン、聞いておくれ。あたしが死ぬのはね、お館にいられなくなって、それが寂しいからなんだよ。つまり、その……あたしゃ、ルネ男爵様が……好きだったんだ。ただ好きなだけで、それ以上のことはなかった。でもそれがあたしの命とりになったんだよ。あの方に会えなくなったとき、あたし、もう死ぬしかないって気がしたんだ。あの方にお会いできていたら、あたしは生きていられたろうね。ただ会えるだけでよかったんだよ。あたしが死んだあと、いつか、ずっと後になってから、あの方にこのことを言っておくれな。かならずね。間違いなく言うと、司祭様の前で誓っておくれ。いつかあの方が、あたしの死んだ理由を知って下さると思えば、どんなに気持が慰められるか。だから……こんな訳だから……誓っておくれ」

わしは約束しました、男爵様。そして、名誉にかけて、約束を果たしましただ」

そう言うと、彼は、ぼくの目をじっと見つめて口をつぐみました。

あわれな男が、あの雨の降る晩に、この台所で、ぼくにこの話をしてくれたとき、ぼくがどれほど心を動かされたか、あなたにはわかってもらえないかもしれませんね。なにしろ、ぼくは、知らぬうちに、あの男の女房を殺していたんですから。

ぼくは、

「気の毒なことをしたなあ、ジャン」と、何度も口ごもるばかりでした。

ジャンは呟くように言いました。

「こういう訳でごぜえます。わしにも……男爵様にも、どうしようもないことでした……それにもう終わったことです……」

ぼくは、テーブルごしに、彼の手をにぎりしめ、泣きました。

彼は、

「お墓に行って下せえますか」とぼくに訊ねました。

ぼくは、口もきけない状態だったので、目顔《めがお》でうなずくばかりでした。

ジャンは立ち上がると、カンテラに火をともし、ぼくらは雨のなかを出かけました。

カンテラの明りが、まるで矢のような勢いで斜めに降り注ぐ雨を、さっと照らし出しました。

彼が、墓地の門を開けると、黒い木の十字架がいくつも目に入りました。

ジャンは、ある大理石の墓石《はかいし》の前に立つと、「これでごぜえますだ」と、唐突に言いました。そして、墓碑銘が読めるようにと、大理石の上にカンテラを置きました。

ルイーズ・オルタンス・マリネ
　農夫ジャン・フランソワ・ルブリュマンの妻
　　彼女は貞節なる妻なりき　彼女の魂の神のみもとにあらんことを

ジャンとぼくは、二人のあいだにカンテラを置いて、泥のなかにひざまずきました。ぼくは、雨が白い大理石をたたき、水しぶきとなってはね返り、それから堅く冷たい石の四隅に流れ去って行くのを見つめていました。そして、死んだ女の心のことを考えていました……ああ、あわれな心です。じつにあわれな心です。

それからというもの、ぼくは毎年ここにやって来るのです。そして、なぜかわかりませんが、まるで罪を犯した人間のように、ぼくは、あの男の前に出ると、気持がおののくのです。またあの男は、いつもぼくを許すようなまなざしをぼくのほうに向けるのです。

(*Le Fermier*)

解　説

モーパッサンは一八五〇年に生まれた。出生地は、トゥールヴィル＝シュル＝アルク村のミロメーニル館《やかた》とも、フェカンとも言われるが、いずれにせよ、北フランス、ノルマンディー地方で生まれ育った。一八八〇年に、中篇小説「脂肪の塊」によって、文壇に登場、一八九一年に精神錯乱の兆候を示すまで、わずか十年ほどの文筆活動によって、六つの長篇小説、三百あまりの短篇、さらにまた三篇の紀行文を残し、一八九三年、パリで死んだ。短い、悲劇的な生涯だったが、スタンダール、バルザック、フロベール、ゾラなどとともに十九世紀フランスを代表する小説家であり、とくに短篇小説の作者としては古今独歩の高い地位をしめている。

モーパッサンの短篇は、おおむね日刊新聞に発表された。とりわけ「ゴーロワ」紙と「ジル・ブラース」紙が重要な発表機関で、モーパッサンは、これらの新聞にほとんど毎週のように短篇小説や、いわゆる時評《クロニック》を発表した。当時の新聞は、現在と異なり、第一面に有名な文学者の短篇や時評を載せたもので、どの新聞も、魅力的な短文の書ける文学者を何人もかかえていた。モーパッサンもそういう有能なジャーナリストの一人だったのである。

新聞に発表されたことから、モーパッサンの短篇の最大の特色ともいうべき簡潔さが生まれた。読み切りの短文で、読者を飽きさせないことが、作者に要求されたからである。したがって、モーパッサンの短篇は、人生のある一断面のみをするどく切り取って見せたもので、長篇のように、いくつもの主題が重なりあうということはない。主題は、ただ一つに限られる。しかも物語の効果は結末に集中することが多く、極端な例では「首飾り」の場合のように、作品の最終行が物語の意味を逆転させてしまう。俗に「落ち」と言われるものだが、これほど極端でなくとも、物語の裏面やその隠れた意味が、作品の結末で明らかにされることが多い。結末の意外性は、モーパッサンの短篇の重要な特色の一つである。

モーパッサンの短篇のもう一つの特色は、しばしば語り手がいて、この語り手の存在や、物語がなされた場所が、小説の雰囲気づくりに役だっていることである。たとえば、「旅路」は、列車のなかで医師が語る患者の話であるが、読者は、物語の世界に入るに先だって、まず物語が語られた状況、すなわち列車内の有様、窓外にひろがる暗闇などを思い浮かべる。つまり、列車の旅にまつわる物語が、列車内で語られるという状況が想定されている。物語の内容と、物語がなされた場所とのこういう巧妙な一致は、「水の上」「椅子直しの女」「ソヴァージュばあさん」「小作人」などにも見られる。いずれの場合にも、物語の舞台となったその場所で、語り手は事件の顚末《てんまつ》を語って聞かせている。それが、作品になまなましい現実感を与えていることは言うまでもない。

語り手のいる短篇は、「マドモワゼル・ペルル」のように、「私」が語り手になっている場合も含めると、約百五十を数える。すなわちモーパッサンの短篇の半分は、語り手がいる短篇であり、残りの半分は、「シモンのパパ」や「山の宿」のように、はじめから三人称で書かれた話である。次に収録作品のそれぞれについて簡単に解説しよう。

＊

水の上

初出は、「フランス時報」一八七六年三月十日号。ギ・ド・ヴァルモンのペンネームで、「小舟に乗って」と題して発表された。青年時代のモーパッサンが、ボート漕ぎに熱中したことはよく知られている。「十年のあいだ、私の唯一の大いなる情熱、無我夢中の情熱といえば、セーヌ川をおいてなかった」と、晩年の佳篇「ハエ」には書かれている。従僕フランソワ・タッサールの『思い出』によれば、モーパッサンは、休みなしに四時間もボートを漕ぐことができたらしい。

この作品の冒頭、「(……)私は、セーヌ川のほとり、パリから七、八キロのところに小さな別荘を借りて、毎晩のように泊まりがけで出かけたものだった」とあるが、実生活上でも、一八七二年、モーパッサンは、友人のレオン・フォンテーヌと共同で、パリ郊外、セーヌ河畔のアルジャントゥーユに部屋を借りている。このように、本篇は、「野遊び」「イヴェット」「ハエ」などとともに、ボート遊びを主題とする短篇に分類されるが、同時に、幻覚を扱った作品という意味では、本書収録の「山の宿」同様、怪奇的、幻想的作品群の一つでもある。

シモンのパパ

初出は、「ラ・レフォルム・ポリティーク・エ・リテレール」誌(一八七九年十二月一日発行)である。モーパッサンの短篇には、子供、とりわけ私生児を扱ったものがはなはだ多い。本書所収の「マドモワゼル・ペルル」もそうだし、ほかに有名なものでは「オトー父子《おやこ》」「オリーヴ畑」などがある。これは、一つには、当時、私生児が多く生まれ、社会問題となっていたからである。あるいはまた、モーパッサン自身、三人の私生児の父だったということも、理由の一つかもしれない。

椅子直しの女

初出は、「ゴーロワ」紙の一八八二年九月十七日号。この作品は本書収録の「旅路」「小作人」などとともに、一連の純愛小説の一つである。徹底した厭世《えんせい》思想と、非情な作風によって知られるモーパッサンではあるが、これらの短篇には人間の心の悲しさと、その悲しさへの共感がにじみでている。

田園秘話

初出は、「ゴーロワ」紙の一八八二年十月三十一日号。この作品も、子供を扱った短篇であるが、親子関係そのものよりも、むしろ農民の物欲に焦点があてられている。とくに、養子に出されなかったシャルロが、両親を恨んで「土百姓め、勝手にしやがれ」と叫ぶ結末は、人間性の秘められた一面をあらわにしている。

メヌエット

初出は、「ゴーロワ」紙の一八八二年十一月二十日号。この短篇の時間的構成は手がこんでいる。読者は、今では五十歳になる語り手の回想とともに、語り手の青年時代にひき戻される。次には、そのころ語り手が出会った老人の追憶に導かれて、さらに遠い過去、すなわち古き良き時代、十八世紀へといざなわれる。読者を過去へ過去へとさかのぼらせるこういう物語の手法が、時間の経過を感じさせ、老いることの悲しみを実感させている。老いと死は、モーパッサンの作品のもっとも重要なテーマの一つであった。

フランスの「十八世紀」は、ゴンクール兄弟の『十八世紀の美術』(一八五九―一八七五年)、『十八世紀の女性』(一八六二年)などの刊行以来、時代の流行となっていた。モーパッサンは、「女たち」と題された時評(「ジル・ブラース」紙、一八八一年十月二十九日号)のなかで、十八世紀について「色事と恋の時代、遠い過去となってさえ人々を酔わせる時代、わが国にかなう国のなかった唯一の偉大な、感嘆すべきフランスの世紀（……）」と書いている。

二人の友

初出は、「ジル・ブラース」紙の一八八三年二月五日号。主題としては、本書収録の「ソヴァージュばあさん」などとともに、普仏戦争に材をとった反戦的な作品群に属する。モーパッサンは、一八七〇年、フランスとプロシャのあいだに戦争が勃発すると、ただちに一兵卒として応召した。しかし、フランス軍は、まもなく敗れて潰走《かいそう》し、二十歳のモーパッサンは惨憺《さんたん》たる目にあったらしい。母親あての手紙には次のようにある。

「ぼくは十五里も歩きました。命令を伝えるために、前の晩は一晩じゅう歩いたり、走ったりし、昨晩は冷たい洞窟のなかの石の上で眠る始末でした。健脚に恵まれていなかったら、きっと捕虜になっていたことでしょう」

旅路

初出は、「ゴーロワ」紙の一八八三年五月十日号。この作品は、主題上、本書収録の

「初雪」につながっている。なぜなら、「旅路」の舞台マントンも、「初雪」に描かれているカンヌも、ともに冬の避寒地として名高く、南フランスの地中海岸、いわゆる紺碧海岸《コート・ダジュール》にのぞむ景勝の地だからである。また、二つの短篇はいずれもこれら紺碧海岸の保養地に、病気療養のため滞在する女性を描いているからである。

紺碧海岸が、避寒地として上流階級にもてはやされるようになったのは、十九世紀末以降のことである。モーパッサンは、一八八二年、マントンに母親を訪ねて以来、カンヌ、キャップ・ダンティーブなど、紺碧海岸の避寒地で毎年の冬を過ごすのが習わしとなっていた。

ジュール伯父さん

初出は、「ゴーロワ」紙の一八八三年八月七日号。十九世紀フランスでは、成功を夢見て米国に渡る者が多かった。また、そういう人々のなかには、思いがけぬ莫大な遺産を親類縁者に残してくれる人もいて、それを俗に「アメリカのおじさん」という。本篇の題名は、庶民のそうした願望をあらわし、また、そういう願望が皮肉な結末をむかえるいきさつがこの短篇の主題となっている。

初　雪

初出は、「ゴーロワ」紙の一八八三年十二月十一日号。前述のように、南フランスの紺碧海岸を舞台にしている。冬も暖かい日ざしがさす紺碧海岸と、北フランスのノルマンディー地方との地理的、気候的対比そのものが、小説の主題となっている。とはいえ、作品の真の主題は、女主人公の孤独や、男女が互いを理解することの困難さを描いたところにある。

首飾り

初出は、「ゴーロワ」紙の一八八四年二月十七日号。モーパッサンの短篇小説のなかでも、もっとも有名なものの一つであり、また、短篇という文学形式の成功した一例である。貧しい夫婦の十年にわたる艱難辛苦が、フォレスティエ夫人の最後の一句で、まったく無意味なものになってしまうというこの短篇の結末は、まさにどんでん返しであり、読者の意表をつくものである。しかし、技法上成功しているだけに、かえって人工的な感じを受けることもたしかで、夏目漱石は、この短篇の結末について次のように述べている(「文芸の哲学的基礎」)。
「最後の一句は大《おおい》に振《ふる》ったもので、定めてモーパッサン氏の大得意な所と思われます。軽薄な巴里《パリー》の社会の真相はさもこうあるだろう穿ち得て妙だと手を拍《う》ち度《たく》なるかも知れません。そこが此《この》作の理想のある所で、そこが此作の不愉快な所であります」なぜ不愉快かといえば、苦労して借金を返したけなげな女の人生を、「妙に穿った軽薄な落ち」で否定し、善の理想を害しているからだ、と漱石は論じている。

ソヴァージュばあさん
初出は、「ゴーロワ」紙の一八八四年三月三日号。「二人の友」と同様、普仏戦争にかかわる反戦的作品群の一つである。

帰　郷
初出は、「ゴーロワ」紙の一八八四年七月二十八日号。死んだと思われた行方不明の夫が帰ってくるという主題は、バルザックの「シャベール大佐」をはじめ多くの文学作品で扱われている。モーパッサンの独創的なところは、この主題をわずか二日間の物語に仕立て、作品に極度の緊迫感を与えたところにある。本篇のもう一つの特徴は、登場人物たちが非常に寡黙な、また穏やかな人々として描かれているところにある。とりわけ主人公のマルタンは、十数年ぶりにわが家に帰ってきてみると、女房にはすでに二度目の亭主がいるという大問題に直面しながら、興奮した様子も、怒ったような態度もみせない。マルタンの平静な表情は、かえってこの男の運命の悲惨さをあらわしているかのようである。

マドモワゼル・ペルル

「フィガロ」紙の文芸付録(一八八六年一月十六日号)に発表された。御公現祭は、カトリックの祝祭日の一つである。イエス・キリスト誕生の折り、東方の三博士が星に導かれて礼拝に訪れたという故事を記念するもので、御公現とは、イエス・キリストが初めて公に姿を現わしたことを意味する。かつては、一月六日と定められたこの日(現在では一月六日頃の日曜日)、家庭では、ガレット・デ・ロワと呼ばれる菓子を切り分けて食べる。すると、なかに磁器製の小さな人形が入っていることがある。人形入りの菓子に当たった者が王、または女王となってその日の主役をつとめる。当たった者が男なら女王を、女なら王をパートナーとして選ぶのが習わしである。

語り手の「私」が、御公現祭の日に、シャンタル家に招かれて王になり、シャンタル氏から四十一年前の御公現祭の日の思い出話を聞くというのが、この短篇の筋である。御公現祭物語、と題してもさしつかえないような話であるが、発表されたのは一月十六日で、御公現祭の十日後となっている。作者は、発表の時期に即して、意図的に物語の内容を工夫したのである。

「マドモワゼル・ペルル」という題名は、「ペルル嬢」と訳していいもので、マドモワゼルとは、未婚の女性の名につける敬称である。四十一歳の女性の名前に、マドモワゼルという呼称がつけられていることから、この女性が、いわゆる老嬢であることがわかる。十九世紀には、成年に達しても結婚しない女性は、特別な目で見られた。ところが、モーパッサンは、社会的偏見の対象である老嬢に、つねに多大の共感を寄せてやまなかった。「老嬢もの」と称し得る短篇群が書かれたゆえんで、本篇のほかに、「春の夕べに」「ミス・ハリエット」「みれん」などがある。

山の宿

絵入り月刊誌「文芸と芸術」(一八八六年九月一日発行)に発表された。モーパッサンは、一八七七年八月、スイスの湯治場ロイクに病気療養のため滞在したことがある。この折りの体験を生かした作品として、この「山の宿」のほかに、小品「湯治場にて」がある。

「山の宿」は、恐怖心と、恐怖心からくる精神錯乱を描いている。精神錯乱は、モーパッサンの短篇のもっとも重要な主題の一つである。狂気を扱った短篇としては、本書収録の「水の上」はもとより、ほかに「狂女」「あいつか?」「髪の毛」「オルラ」「誰が知る?」など、多数の作品をあげることができる。

小作人

初出は、「ゴーロワ」紙の一八八六年十月十一日号。この短篇は、「椅子直しの女」「旅路」などとともに、純愛物語ともいうべき作品群に属している。他方、小説技法の上で見ると、物語を物語のなかに組み込む手法の非常に複雑な一例となっている。「小作人」には、全部で四人の語り手がいる。つまり、「私」と、デュ・トレーユ男爵と、小作人と、小作人の妻の四人である。「私」は、デュ・トレーユ男爵の話を紹介し、男爵は小作人から聞いた話を語る。最後に小作人が、故人となった妻が今際《いまわ》のきわに語った話を、男爵に伝える。この作品の真の主題を構成するのは、最後に出てくるこの小作人の妻の告白であって、彼女こそこの短篇の主人公なのである。

＊

本書は、モーパッサンの短篇のなかから十五篇を選んだものである。作品の選択にあたっては、一般的な評価をも十分尊重したつもりであるが、なおかつ当然のことながら、編訳者の主観を反映したものとなっているにちがいない。佳篇、名作をあまた数えるモーパッサンの短篇のなかから、わずか十五篇を選ぶことの困難さにかんがみて、編訳者の選択を諒としていただければ幸いである。

翻訳の底本には、フォレスティエ編『モーパッサン中短篇集』(プレイヤード叢書、第一巻〔一九七四年〕、第二巻〔一九七九年〕)を用い、作品の配列は、初出年代順によった。挿絵は、『絵入りモーパッサン全集』(ルネ・デュメニル編、フランス書房版、一九三四―一九三八年、全十五巻)により、ピエール・ファルケ、ロベール・ボンフィス、ラブールール、デュノワイエ・ド・スゴンザック、イヴ・アリックス、シャス・ラボルドのものを使用した。終わりに、刊行にあたって、岩波書店文庫編集部の市こうた氏、および校正を担当して下さった尻高史子氏に大層お世話になった。記して厚く御礼申し上げたい。

二〇〇二年七月

編　訳　者

モーパッサン短篇選《たんぺんせん》

2002年 8 月 20 日　第 1 刷発行
2023年 10 月 25 日　第 18 刷発行

編訳者　高山鉄男《たかやまてつお》

発行者　坂本政謙

発行所　株式会社 岩波書店
〒101-8002 東京都千代田区一ツ橋 2-5-5

案内 03-5210-4000　営業部 03-5210-4111
文庫編集部 03-5210-4051
https://www.iwanami.co.jp/

印刷・三秀舎　カバー・精興社　製本・牧製本

ISBN 978-4-00-325513-1　Printed in Japan

読書子に寄す

——岩波文庫発刊に際して——

岩波茂雄

真理は万人によって求められることを自ら欲し、芸術は万人によって愛されることを自ら望む。かつては民を愚昧ならしめるために学芸が最も狭き堂宇に閉鎖されたことがあった。今や知識と美とを特権階級の独占より奪い返すことはつねに進取的なる民衆の切実なる要求である。岩波文庫はこの要求に応じそれに励まされて生まれた。それは生命ある不朽の書を少数者の書斎と研究室とより解放して街頭にくまなく立たしめ民衆に伍せしめるであろう。近時大量生産予約出版の流行を見る。その広告宣伝の狂態はしばらくおくも、後代にのこすと誇称する全集がその編集に万全の用意をなしたるか。千古の典籍の翻訳企図に敬虔の態度を欠かざりしか。さらに分売を許さず読者を繫縛して数十冊を強うるがごとき、はたしてその揚言する学芸解放のゆえんなりや。吾人は天下の名士の声に和してこれを推挙するに躊躇するものである。このときにあたって、岩波書店は自己の責務のいよいよ重大なるを思い、従来の方針の徹底を期するため、すでに十数年以前より志して来た計画を慎重審議この際断然実行することにした。吾人は範をかのレクラム文庫にとり、古今東西にわたって文芸・哲学・社会科学・自然科学等種類のいかんを問わず、いやしくも万人の必読すべき真に古典的価値ある書をきわめて簡易なる形式において逐次刊行し、あらゆる人間に須要なる生活向上の資料、生活批判の原理を提供せんと欲する。この文庫は予約出版の方法を排したるがゆえに、読者は自己の欲する時に自己の欲する書物を各個に自由に選択することができる。携帯に便にして価格の低きを最主とするがゆえに、外観を顧みざるも内容に至っては厳選最も力を尽くし、従来の岩波出版物の特色をますます発揮せしめようとする。この計画たるや世間の一時の投機的なるものと異なり、永遠の事業として吾人は微力を傾倒し、あらゆる犠牲を忍んで今後永久に継続発展せしめ、もって文庫の使命を遺憾なく果たさしめることを期する。芸術を愛し知識を求むる士の自ら進んでこの挙に参加し、希望と忠言とを寄せられることは吾人の熱望するところである。その性質上経済的には最も困難多きこの事業にあえて当たらんとする吾人の志を諒として、その達成のため世の読書子とのうるわしき共同を期待する。

昭和二年七月

《ドイツ文学》〔赤〕

- ニーベルンゲンの歌 全二冊 — 相良守峯訳
- 若きウェルテルの悩み — ゲーテ／竹山道雄訳
- ヴィルヘルム・マイスターの修業時代 全三冊 — ゲーテ／山崎章甫訳
- イタリア紀行 全三冊 — ゲーテ／相良守峯訳
- ファウスト 全二冊 — ゲーテ／相良守峯訳
- ゲーテとの対話 全三冊 — エッカーマン／山下肇訳
- スペインの太子 ドン・カルロス — シルレル／佐藤通次訳
- ヒュペーリオン —希臘の世捨人 — ヘルダーリーン／渡辺格司訳
- 青い花 — ノヴァーリス／青山隆夫訳
- 夜の讃歌・サイスの弟子たち 他一篇 — ノヴァーリス／今泉文子訳
- 完訳 グリム童話集 全五冊 — 金田鬼一訳
- 黄金の壺 — ホフマン／神品芳夫訳
- ホフマン短篇集 — 池内紀編訳
- 影をなくした男 — シャミッソー／池内紀訳
- 流刑の神々・精霊物語 — ハイネ／小沢俊夫訳
- ブリギッタ・森の泉 他一篇 — シュティフター／宇多五郎・高安国世訳

- みずうみ 他四篇 — シュトルム／関泰祐訳
- 村のロメオとユリア — ケラー／草間平作訳
- 沈鐘 — ハウプトマン／阿部六郎訳
- 地霊・パンドラの箱 ルル二部作 — F・ヴェデキント／岩淵達治訳
- 春のめざめ — F・ヴェデキント／酒寄進一訳
- 花・死人に口なし 他七篇 — シュニッツラー／番匠谷英一・山本有三訳
- ゲオルゲ詩集 — 手塚富雄訳
- リルケ詩集 — 高安国世訳
- ドゥイノの悲歌 — リルケ／手塚富雄訳
- ブッデンブローク家の人びと 全三冊 — トーマス・マン／望月市恵訳
- トオマス・マン短篇集 — 実吉捷郎訳
- 魔の山 全二冊 — トーマス・マン／関泰祐・望月市恵訳
- トニオ・クレエゲル — トオマス・マン／実吉捷郎訳
- ヴェニスに死す — トオマス・マン／実吉捷郎訳
- 講演集 ドイツとドイツ人 他五篇 — トーマス・マン／青木順三訳
- 講演集 リヒアルト・ヴァーグナーの苦悩と偉大 他一篇 — トーマス・マン／青木順三訳
- 車輪の下 — ヘルマン・ヘッセ／実吉捷郎訳

- デミアン — ヘルマン・ヘッセ／実吉捷郎訳
- シッダルタ — ヘッセ／手塚富雄訳
- ルーマニア日記 — カロッサ／高橋健二訳
- 幼年時代 — カロッサ／斎藤栄治訳
- ジョゼフ・フーシェ —ある政治的人間の肖像 — シュテファン・ツワイク／高橋禎二・秋山英夫訳
- 変身・断食芸人 — カフカ／山下肇・山下萬里訳
- 審判 — カフカ／辻瑆訳
- カフカ短篇集 — 池内紀編訳
- カフカ寓話集 — 池内紀編訳
- ドイツ炉辺ばなし集 —カレンダーゲシヒテン — ヘーベル／木下康光編訳
- ウィーン世紀末文学選 — 池内紀編訳
- チャンドス卿の手紙 他十篇 — ホフマンスタール／檜山哲彦訳
- ホフマンスタール詩集 — 川村二郎訳
- ドイツ名詩選 — 生野幸吉・檜山哲彦編
- 聖なる酔っぱらいの伝説 他四篇 — ヨーゼフ・ロート／池内紀訳
- 暴力批判論 他十篇 —ベンヤミンの仕事1 — ベンヤミン／野村修編訳
- ボードレール 他五篇 —ベンヤミンの仕事2 — ベンヤミン／野村修編訳

パサージュ論 全五冊　ヴァルター・ベンヤミン　今村仁司・三島憲一・大貫敦子・高橋順一・塚原史・細見和之・村岡晋一・山本尤・横張誠・與謝野文子・吉村和明訳

ジャクリーヌと日本人　ヤーコプ　相良守峯訳

ヴォイツェク ダントンの死 レンツ　ビューヒナー　岩淵達治訳

人生処方詩集　エーリヒ・ケストナー　小松太郎訳

終戦日記一九四五　エーリヒ・ケストナー　酒寄進一訳

第七の十字架 全二冊　アンナ・ゼーガース　山下肇・新村浩訳

《フランス文学》〔赤〕

ラブレー第一之書 ガルガンチュワ物語　渡辺一夫訳

ラブレー第二之書 パンタグリュエル物語　渡辺一夫訳

ラブレー第三之書 パンタグリュエル物語　渡辺一夫訳

ラブレー第四之書 パンタグリュエル物語　渡辺一夫訳

ラブレー第五之書 パンタグリュエル物語　渡辺一夫訳

ピエール・パトラン先生　渡辺一夫訳

エセー 全六冊　モンテーニュ　原二郎訳

ラ・ロシュフコー箴言集　二宮フサ訳

ブリタニキュス ベレニス　ラシーヌ　渡辺守章訳

ドン・ジュアン —石像の宴　モリエール　鈴木力衛訳

いやいやながら医者にされ　モリエール　鈴木力衛訳

守銭奴　モリエール　鈴木力衛訳

完訳 ペロー童話集　新倉朗子訳

ラ・フォンテーヌ 寓話 全二冊　ラ・フォンテーヌ　今野一雄訳

カンディード 他五篇　ヴォルテール　植田祐次訳

ルイ十四世の世紀 全四冊　ヴォルテール　丸山熊雄訳

美味礼讃 全二冊　ブリア＝サヴァラン　関根秀雄・戸部松実訳

近代人の自由と古代人の自由・征服の精神と簒奪 他一篇　コンスタン　堤林剣・堤林恵訳

恋愛論 全二冊　スタンダール　杉本圭子訳

赤と黒 全二冊　スタンダール　桑原武夫・生島遼一訳

ゴプセック・毬打つ猫の店　バルザック　芳川泰久訳

艶笑滑稽譚 全三冊　バルザック　石井晴一訳

レ・ミゼラブル 全四冊　ユーゴー　豊島与志雄訳

ライン河幻想紀行　ユーゴー　榊原晃三編訳

ノートル＝ダム・ド・パリ 全二冊　ユーゴー　辻昶・松下和則訳

モンテ・クリスト伯 全七冊　アレクサンドル・デュマ　山内義雄訳

三銃士 全二冊　デュマ　生島遼一訳

カルメン　メリメ　杉捷夫訳

愛の妖精（プチット・ファデット）　ジョルジュ・サンド　宮崎嶺雄訳

ボオドレール 悪の華　鈴木信太郎訳

感情教育 全二冊　フローベール　生島遼一訳

紋切型辞典　フローベール　小倉孝誠訳

サラムボー 全二冊　フローベール　中條屋進訳

未来のイヴ 全二冊　ヴィリエ・ド・リラダン　渡辺一夫訳
風車小屋だより　ドーデー　桜田佐訳
サフォ　パリ風俗　ドーデ　朝倉季雄訳
プチ・ショーズ　—ある少年の物語　ドーデ　原千代海訳
少年少女　アナトール・フランス　三好達治訳
テレーズ・ラカン 全二冊　エミール・ゾラ　小林正訳
ジェルミナール 全三冊　エミール・ゾラ　安士正夫訳
獣人 全二冊　エミール・ゾラ　川口篤訳
氷島の漁夫　ピエール・ロチ　吉氷清訳
マラルメ詩集　渡辺守章訳
脂肪のかたまり　モーパッサン　高山鉄男訳
メゾンテリエ 他三篇　モーパッサン　河盛好蔵訳
モーパッサン短篇選　高山鉄男編訳
わたしたちの心　モーパッサン　笠間直穂子訳
地獄の季節　ランボオ　小林秀雄訳
対訳ランボー詩集　—フランス詩人選(1)　中地義和編
にんじん　ルナアル　岸田国士訳

ジャン・クリストフ 全四冊　ロマン・ローラン　豊島与志雄訳
ベートーヴェンの生涯　ロマン・ロラン　片山敏彦訳
ミレー　ロマン・ロラン　蛯原徳夫訳
フランシス・ジャム詩集　手塚伸一訳
三人の乙女たち　フランシス・ジャム　手塚伸一訳
狭き門　アンドレ・ジイド　川口篤訳
法王庁の抜け穴　アンドレ・ジイド　石川淳訳
モンテーニュ論　アンドレ・ジイド　渡辺一夫訳
ムッシュー・テスト　ポール・ヴァレリー　清水徹訳
精神の危機 他十五篇　ポール・ヴァレリー　恒川邦夫訳
ドガ ダンス デッサン　ポール・ヴァレリー　塚本昌則訳
シラノ・ド・ベルジュラック　ロスタン　辰野隆・鈴木信太郎訳
地底旅行　ジュール・ヴェルヌ　朝比奈弘治訳
八十日間世界一周　ジュール・ヴェルヌ　鈴木啓二訳
海底二万里 全二冊　ジュール・ヴェルヌ　朝比奈美知子訳
死霊の恋・ポンペイ夜話 他三篇　ゴーチエ　田辺貞之助訳
火の娘たち　ネルヴァル　野崎歓訳

パリの夜　—革命下の民衆　レチフ・ド・ラ・ブルトンヌ　植田祐次編訳
シェリ　コレット　工藤庸子訳
シェリの最後　コレット　工藤庸子訳
生きている過去　レニエ　窪田般彌訳
ノディエ幻想短篇集　ノディエ　篠田知和基編訳
フランス短篇傑作選　山田稔編訳
シュルレアリスム宣言・溶ける魚　アンドレ・ブルトン　巖谷國士訳
ナジャ　アンドレ・ブルトン　巖谷國士訳
ジュスチーヌまたは美徳の不幸　サド　植田祐次訳
とどめの一撃　ユルスナール　岩崎力訳
フランス名詩選　安藤元雄・入沢康夫・渋沢孝輔編
繻子の靴 全二冊　ポール・クローデル　渡辺守章訳
A・O・バルナブース全集 全二冊　ヴァレリー・ラルボー　岩崎力訳
心変わり　ミシェル・ビュトール　清水徹訳
悪魔祓い　ル・クレジオ　高山鉄男訳
失われた時を求めて 全十四冊　プルースト　吉川一義訳
シルトの岸辺　ジュリアン・グラック　安藤元雄訳

星の王子さま　サン＝テグジュペリ 内藤濯訳

プレヴェール詩集　小笠原豊樹訳

ペスト　カミュ 三野博司訳

サラゴサ手稿 全三冊　ヤン・ポトツキ 畑浩一郎訳

《別冊》

増補 フランス文学案内　渡辺一夫 鈴木力衛

増補 ドイツ文学案内　手塚富雄 神品芳夫

ことばの花束 —岩波文庫の名句365　岩波文庫編集部編

ことばの贈物 —岩波文庫の名句365　岩波文庫編集部編

愛のことば —岩波文庫から—　岩波文庫編集部編

世界文学のすすめ　大岡信 奥本大三郎 川村二郎 小池滋 沼野充義編

近代日本文学のすすめ　大岡信 加賀乙彦 菅野昭正 曾根博義 十川信介編

近代日本思想案内　鹿野政直

近代日本文学案内　十川信介

ポケットアンソロジー この愛のゆくえ　中村邦生編

スペイン文学案内　佐竹謙一

一日一文 英知のことば　木田元編

声でたのしむ 美しい日本の詩　大岡信 谷川俊太郎編

岩波文庫の最新刊

塩川徹也・望月ゆか訳
パスカル
小品と手紙

『パンセ』と不可分な作として読まれてきた遺稿群。人間の研究と神の探求に専心した万能の天才パスカルの、人と思想と信仰を示す二一篇。
〔青六一四-五〕 定価一六五〇円

安倍能成著
岩波茂雄伝

高らかな志とあふれる情熱で事業に邁進した岩波茂雄(一八八一―一九四六)。「一番無遠慮な友人」であったという哲学者が、稀代の出版人の生涯と仕事を描く評伝。
〔青N一三一-一〕 定価一七一六円

グレゴリー・ベイトソン著／佐藤良明訳
精神の生態学へ (下)

世界を「情報＝差異」の回路と捉え、進化も文明も環境も包みこむ壮大なヴィジョンを提示する。下巻は進化論・情報理論・エコロジー篇。動物のコトバの分析など。(全三冊)〔青N六〇四-四〕 定価一二七六円

中川裕補訂
知里幸恵 アイヌ神謡集

アイヌの民が語り合い、口伝えに謡い継いだ美しい言葉と物語。熱き思いを胸に知里幸恵(一九〇三―二二)が綴り遺した珠玉のカムイユカラ。補訂新版。
〔赤八〇-一〕 定価七九二円

アリエル・ドルフマン作／飯島みどり訳
死と乙女

息詰まる密室劇が、平和を装う恐怖、真実と責任追及、国家暴力の闇という人類の今日的アポリアを撃つ。チリ軍事クーデタから五〇年、傑作戯曲の新訳。
〔赤N七九〇-一〕 定価七九二円

……今月の重版再開……

塙治夫編訳
アブー・ヌワース アラブ飲酒詩選

定価六二七円
〔赤七八五-一〕

大杉栄著／飛鳥井雅道校訂
自叙伝・日本脱出記

定価一三五三円
〔青一三四-一〕

定価は消費税 10% 込です　　2023.8

岩波文庫の最新刊

トニ・モリスン著／都甲幸治訳

暗闇に戯れて
―白さと文学的想像力―

キャザーやポーらの作品を通じて、アメリカ文学史の根底に「白人男性を中心とした思考」があることを鮮やかに分析し、その構図を一変させた、革新的な批評の書。〔赤三四六―一〕 **定価九九〇円**

川崎賢子編

左川ちか詩集

左川ちか（一九一一―三六）は、昭和モダニズムを駆け抜けた若き女性詩人。夭折の宿命に抗いながら、奔放自在なイメージを、鮮烈な詩の言葉に結実した。〔緑二三二―一〕 **定価七九二円**

ヘルダー著／嶋田洋一郎訳

人類歴史哲学考(一)

風土に基づく民族・文化の多様性とフマニテートの開花を描こうとした壮大な歴史哲学。第一分冊は有機的生命の発展に人間を位置づける。（全五冊）〔青N六〇八―一〕 **定価一四三〇円**

泉鏡花作

高野聖・眉かくしの霊

鏡花畢生の名作「高野聖」に、円熟の筆が冴える「眉かくしの霊」を併収した怪異譚二篇。本文の文字を大きくし、新たな解説を加えた改版。（解説＝吉田精一／多田蔵人）〔緑二七―一〕 **定価六二七円**

……今月の重版再開……

尾崎紅葉作

多情多恨

定価一一三三円 〔緑一四―七〕

大江健三郎・清水徹編

渡辺一夫評論選 狂気について 他二十二篇

定価一一五五円 〔青一八八―二〕

定価は消費税 10％ 込です　2023. 9